이제까지 아끼고 사랑해 주신 모든 분과

독자에게 감사드리며……

어은숙 올림

여신들의 축제

어은숙 소설집

청어

여신들의 축제

어은숙 소설집

차
례

수요일은 언제나

'수요일은 언제나'

젊은 시절에 보았던 연극의 대사처럼 수요일은 언제나 미룰 수 없는 일이 있다. 벌써 4년이 다 되었다. 오늘도 나는 남편과 함께 안산에 있는 한 노인 요양 병원에 간다. 삶과 죽음이 공존하는 곳, 미로의 끝과 같이 자신의 의지로는 돌아 나오기 힘든 곳이라 해도 그리 틀린 말은 아닐 것이다. 비까지 주룩주룩 내리는 수요일 우산을 썼어도 젖어버린 옷을 탁탁 털며 병원으로 들어섰다.

어머니께서 이곳에 오시게 된 이유는 노인들이 흔히 겪

을 수 있는 고관절 골절 때문이었다. 평생을 자식들 뒷바라지하시며 가족을 위한 기도로 새벽을 여시던 어머니께서는 옅은 치매기가 있었다. 어느 날 아침밥을 짓겠다고 일어서다 어머니는 그대로 주저앉았다. 그런 상황 속에서 어머니는 뼈가 부러져버렸다.

병원에서는 워낙 연로하셔서 생명을 보장할 수 없다며 수술을 달가워하지 않았다. 돌아가셔도 좋다는 각서를 쓰고서야 어머니는 수술을 받을 수 있었다. 그 후로 의사들은 뼈가 너무 연약하고 부서져 있으며 골다공증이 심해서 조금도 움직이면 안 된다고 당부하였다. 만약 움직이다 다치는 날에는 수술도 못 하고 심한 고통 속에서 생활하게 된다고 겁을 주었다. 나는 할 수 없이 간병인이 상주하는 요양병원을 선택하게 되었고, 그 후로 병문안하러 다니게 된 것이다. 처음에는 몹시 마음이 아팠다. 당장 돌아가셔도 억울할 것 없는 연세라고 말들을 하였지만, 살아계시는 것이 죄가 아닌데도 너무 오래 살았다는 것이 무슨 큰 죄인 것처럼 수군거리는 모습이 몹시 마음에 걸리고 괴로웠다. 집에서 모시는 것이 당연한 일이었으나 급한 경우 응급조치가 쉽지 않고 온종일 당신 곁을 지킬 수 없는 환경도 피할 수 없는 현실이었다. 지금에 이르러 다시 생각해 보니 어쩌면 그것도 병원에 모실 수밖에 없다는 자기변명의 합리화였을 수 있었으리라. 병원에서 제공하는 식사나 신체적 치료는 견딜만하셨으리라 생각되지만, 늙어가는 외로움과 고통에서야 어찌 자유롭고 편안하실 수 있으셨겠는가? 오늘도 우리는 무거운 마음을 안고 병실로 들어섰다.

그 병원에서는 웬만큼 활동할 수 있는 입원 환자는 최소한의 내부 활동이 가능한 이층에 있는 병실로 배정된다. 그러다 좀 더 신체적 기능이 떨어지고 거동에 대한 제한이 시작되면 3층으로, 다시 삶이 얼마 남지 않았거나 의식불명 혹은 장기적인 상태로 몸을 가누지 못하고 온전히 타인의 손을 빌려야 하는 상황이 되면 4층에 있는 중환자실로 보내어진다. 그동안 우리가 보아온 바로는 거의 그랬다. 이제 우리 어머니도 4층의 고정멤버로 자리하신 지 오래다. 우리는 이곳을 하늘나라와 가장 가까운 병실이라고 '천사호'라 부른다. 이런 병실의 풍경도 이제는 낯설지 않다. 우리는 매주 수요일이면 이곳 4층 병실 어머니 침상 한 곁에서 당신의 까무룩 해진 실 같은 기억을 끄집어내고자 노래를 부른다.

"두만강 푸른 물에~ 콩 밭매는 아낙네야~"노래를 부

르면 어머니께서는 잊어버린 기억을 찾아 더듬거리신다. 떠오르지 않는 당신의 지난날들에 대한 삶의 한 자락을 찾아 붙들고 싶어 이마를 긁으며 안간힘을 쓰신다. '홀어머니 두고 시집가던 날' 부분에서 나는 일부러 노래를 멈춘다. 아무것도 기억하지 못하는 어머니께서 유독 그 부분만을 잊지 않고 계심은 그 옛날 당신 어머니와의 이별과 무관하지 않음을 암시하는 것만 같다. "퐁당퐁당 돌을 던지자~" 다시 노래를 부르면 '건너편에 앉아서 나물을 씻는' 부분에서도 반드시 '배추를 씻는, 혹은 쑥을 씻는'으로 고쳐 부르신다. 자식을 기르며 가난과 싸우며 먹을거리를 찾던 그 시절이 떠오른 것일지도 모른다는 생각이 들곤 한다.

그저 당신 아들만을 기억하시는 어머니는 요즘은 아들도 잘 알아보지 못하신다. 한 시간이 넘도록 머리 허연 며느리가 통로를 오가며 손짓 발짓 춤을 추며 노래를 부르고 손뼉을 쳐대야 슬며시 입가에 미소가 번지며 아들을 알아보신다. 당신의 자랑이자 자존심이었던 잘 나가던 정형외과의사인 장독 같은 큰아들이 당뇨와 신부전증으로 투석을 하고 있다는 사실이 퍼뜩 떠오르기라도 하면, 눈을 동그랗게 뜨고서 떨리는 목소리로 "큰 애는 어디 아프냐? 죽었냐? 왜 안 보이냐?" 하시며 당신이 먼저 가시지 못하는 고통을 호소하신다. 우리도 자식이 먼저 세상 버리는 일이 없기를 정말 정말로 바란다. 이렇게 비가 오는 날 또는 바람 불고 흐려서 마음마저 우울해지는 날이면 병원은 온통 긴장 상태가 된다. 어머니께서 밤새 당신의 아들을 손자를 찾으시며 안타까이 이름을 부르고 외쳐대기 때문이다. 그렇게 남은 기억과 애타는 싸움을 하시고 나면 눈가가 꺼멓고 눈곱이 찐득한 얼굴로 모두를 못 알아보시곤 한다. 그러면서도 당신의 대소변이 부끄러워 잘 움직여지지도 않는 손을 억지로 써가며 몰래 머리맡에 감추시는 일이라든가 혹은 욕창에 살이 썩어나도 "어디 아픈 곳은 없나요?" 물으면 "하나도 안 아프다"고 하시는 말씀에 우리는 너무 죄송하고 가슴이 무겁다.

이곳도 사람이 사는 세상임은 여전하다. 오늘은 옆 병실에서 싸움이 났다. 기억이 좋지 못한 구십 세가 넘은 남자 환자끼리 다투는 소리가 요란하다. 우리는 죽는 날까지 싸우고 산다. 태초 이래로 먹기 위해서, 더 가지기 위해서, 이념을 위해서, 쪼끔 더 남보다 잘난 척하고 싶어서, 우리는 끝없이 싸운다. 어머니는 당신의 고통과 외로움과 싸우고 남편은 처자식 먹여 살리기 위해 싸우고 나는 잡다한 쓰레기 같은 망상을 접지 못해 싸운다.

이제 이 병원에서 내가 노래 부르는 것은 하나의 기다림이 되었다. 처음에는 가볍게 어머니의 기억을 조금이라도 되살려 보고자 하는 바람으로 시작하였으나 이제는 내일을 알 수 없는 외로운 병실의 환우들과 간병인, 간호사들까지도 우리의 이런 이상한 원맨쇼 같은 놀이를 기분 좋게 바라보게 되었다. 어제는 옆방 할아버지 두 분이 곁에 오셨기에 함께 손을 잡고 출 줄도 모르는 춤을 땀이 나도록 추어 댔다. 할아버지는 머리는 허옇지만 그래도 당신보다 젊은 여자와 손잡고 춤을 춘다는 사실에 아주 신이 나셨다. 큰소리로 더듬거리시며 "내가 말이야, 젊었을 때는 여자들이 줄줄 따라다녀서⋯ 으흐흐"하시며 파킨슨병으로 떨리는 손을 흔들며 〈아미새〉 노래를 불러 병실에 있는 모두를 흥겹게 하셨다.

병실에는 의식불명의 환자와 의식은 있으나 거동이 어려워 돌봄이 필요한 여덟 분과 천사가 되어 하늘로 올라가신 두 분의 침상이 있다. 어머니처럼 치매인 환자를 돌보는 모습이 그나마 병실이 제 기능을 하고 있음을 느끼게 할 뿐이다. 침묵과 적당한 무관심으로 길든 병실은 간병인이나 환자나 거의 비슷한 패턴으로 움직여지고 있었다. 정해진 시간에 음식을 제공하고 여러 명의 환자를 적은 인원의 간병인이 돌보아야 하는 터라 수족을 못 쓰는 환자의 생리적 뒤처리조차 바로 처리할 수 없는 경우도 있다. 환자는 간병인의 손길에 길들게 되고 간병인은 일 처리 기능의 순서를 정하여 환자를 선택한다. 이곳에서는 환자뿐만이 아니라 간병인 또한 외롭고 힘들어 보였다. 그들 또한 돌봄이 필요한 존재로 느껴졌다.

오늘은 옆 병실의 어르신들까지 찾아와 춤판이 벌어지고 제법 들뜨고 흥분된 분위기여서인지, 늘 천정만 바라보던 병실 끝 침상의 남자도 머리를 돌리고 나에게 엷은 미소를 보낸다. 나에 관한 관심이 생겨 잠시 잠깐이라도 죽음에 관한 생각을 잊을 수 있게 한다면 얼마나 좋을까. 나도 미소를 지으며 그를 바라보았다. 간병인이 요관을 정리하지 못한 채 다른 일을 보고 있어 벗겨진 아랫도리가 훤하다. 갑자기 아름다운 꽃들과 팔랑거리는 나비가 생각났다. 모든 꽃의 아름다움은 그 꽃이 피어남에 있는 것이리라. 그 피어남은 곧 벌과 나비를 부르고 생명의 절정은 그렇게 종족의 번식으로 결실을 보게 되는 것이 아닌가? 그에게 있어

성기란 무엇일까? 애정의 커뮤니케이션 도구, 힘의 상징이었을 그곳은 이제 배설기관과 함께 있다는 이유로 그저 부끄럽고 거추장스러울 뿐이었다. 다만 환자가 된 이제야 몸과 마음도 제 것이 아님을 잘 알고 있다는 듯 부끄러워하거나 감추고 싶어 하는 모습을 볼 수 없었다. 너무도 편안해 보이는 눈빛으로 다정하게 나를 바라본다. 이곳에서의 나의 행동과 눈빛, 노랫소리와 어쭙잖은 몸짓의 진실이 전달된 듯싶어 나도 고맙고 기뻤다.

옆 침대에는 어머니께서 입원하실 즈음 같이 들어오신, 홀로 된 여든넷 되신 함경도 할머니 한 분이 누워 계셨다. 그분은 평생에 자식이 없어 어린 여자아이를 업둥이로 들여 금이야 옥이야 기르셨다고 하셨다. 할아버지께서 먼저 돌아가시며 당신이 묻힐 산소를 마련해 놓으시고 관리하던 재산을 맡기시면서 죽는 날까지 할머니에게 관리하라고 하셨다.

당신이 심혈관 질환과 당뇨 등 몇 차례 심각한 상황을 겪으며 쓰러지신 후 혼탁해지는 의식을 믿을 수 없어 있던 재산을 정리하여 딸에게 관리하도록 하셨다고 했다. 그 딸은 할머니가 큰 병원에서 위급한 상황을 넘기자 장기적으로 치료해야 한다고 하며 이곳으로 모셨는데, 그 후로 한 번도 당신을 찾지 않았으며 재산도 딸도 손녀도 어디서 무엇을 하며 사는지 모른다고 하셨다. 그저 동사무소에서 당신을 돌보고 계시다는 말씀만 하셨다.

종일 누워계시다가 목욕하실 때, 한두 걸음 부축을 받거나 휠체어를 타시느라 이동할 때 가끔 지팡이를 쓰시는데, 침대 옆에 끼워두셨다가 어머니가 너무 조용히 계시거나 오래도록 눈을 뜨지 않으시면 돌아가신 것은 아닌지 그 지팡이로 어머니를 쿡쿡 찌르며 확인하시곤 한다. 이층에서 걸어 다니실 수 있을 때 만났는데, 이제는 어머니를 감시하듯 걱정하며 살피신다. 오늘도 어머니와 한날한시에 같이 죽고 싶다며 어머니를 업고 요단강 건너서 천국에 가고 싶다고 한다. 그런데 그 할머니는 어머니보다 나를 더 기다리신다. 우리가 병실에 들어가면 반가움과 동시에 나를 붙들고 엉엉 우신다.

"이 노친네는 복도 많아. 이렇게 자식들이 다 찾아오고 앞세워 보낸 자식이 하나도 없으니!" 하시며 물지게 지어 날라 배고픔 견디며 길렀던 돌아보지 않는 딸자식에 대한 원망과 미련에 나를 붙들고 오늘도 가슴 아프게 우신다. 나는 침상에 걸터앉아 머리맡의 찬송가를 꺼내어 불러

드렸다.

"하늘가는 밝은 길이 내 앞에 있으니 슬픈 일을 많이 보고 늘 고생하여도……"

함께 붙들고 노래하니 나도 눈물이 났다.

"할머니, 오지 않는 딸 원망하지 마시고 '그 딸 때문에 내가 젊은 시절 열심히 살았었지' 생각하신다면 하나님께서 그 눈물을 거두고 갚아 주실 거예요. 그렇게 노력하다 보면 하나님께서 할머니를 데리러 오시리라 믿어요."

할머니는 내 손을 꼭 잡고 또 엉엉 우신다.

"그래, 엉엉, 엉엉, 울어요. 더 큰 소리로 울어요. 나도 같이 울어요! 엉엉"

하면 할머니께서는 내 손을 툭 치시며 눈물을 닦고 피식 웃으신다.

"다음에 제가 올 때까지 하늘나라 데려가실 하나님도 기다리시고 저도 기다리세요. 안 오는 딸 기다리지 마시고……"

어머니께서 점점 기력이 떨어지고 우리를 알아보지 못하시는 날이 많아졌다. 옆 침대의 할머니께서 어디서 났는지, 만 원짜리 한 장을 꺼내며 당신을 위하여 저승길 함께할

글 몇 자를 모조지에 적어달라고 하셨다. 극구 사양하였으나 아니 받을 수가 없었다. 늘 지니고 있다가 나 죽으면 수의처럼 몸에 감고 가겠다고 하시며 할아버지 이름과 당신 이름 그리고 '우리 하늘나라에서 만나요'라는 내용의 글을 써 달라고 하셨다.

집에 돌아와 일찌감치 만들어 놓았던 어머니 수의를 햇볕에 널고 거풍을 하였다. 남아있던 안동포를 길게 잘라 치자 물을 들여 삶았다. 두 분의 이름과 찬송가의 한 구절인 '예수 품에 안기어서 영생 복락 얻겠네'라는 글을 '얻었네'라는 완료형 문장으로 고치고 십자가를 크게 그려 넣은 다음 매듭 없이 바느질하였다. 완성한 후 보여드리고, 주셨던 돈은 저승길 노잣돈 하시라며 한지에 곱게 싸서 함께 박스에 포장하여 할머니 머리맡에 놓아드렸다. 병원 관계자들에게 당신의 뜻을 말씀드리고, 조심히 잘 간수하였다가 의식을 잃거나 병원을 옮기게 될 때도 꼭 할머니 몸과 함께 지닐 수 있게 해 달라고 당부하였다.

우리는 늘 내일이 오늘처럼 이어지리라 생각하며 산다. 집안에 환자가 있어도, 돌아가실 것을 뻔히 알아도 그날이 정녕 오늘이 될 거라는 생각을 별로 안 하며 살고 있다. 이

번 주 수요일이 지나면 다음 주 수요일에도 우리는 우리의 고정된 의무를 다할 수 있을 것만 같았다. 우리는 막내였지만 형편상 이렇게라도 어머니를 꾸준히 찾아볼 수 있는 가족은 우리밖에 없었다. 병원을 나설 때 우리는 우리를 붙들지 못하는 어머니의 눈빛을 보았다. 우리는 한 번이라도 더 할머니를 만날 수 있도록 딸아이를 데리고 와야겠다고 생각했다. 이번 주는 너무 바빠서 또는 행사가 있어서 며칠 후에 찾아뵈어야지 하다가 예고 없는 임종에 이르러서야 '그때 찾아뵈었어야 했는데' 하며 통곡하는 사람들은 또 얼마나 많은가?

병문안의 방법도 환자를 대하는 방법도 확실히 세대 차이가 났다. 10대인 딸아이는 병원의 우중충한 환경을 완전히 무시한 채 침대 통로를 휘젓고 다녔다. 심하게 아파본 적이 없는 딸아이는 오래 묵은 환자의 깊은 어둠을 잘 모르고 있었다. 높은 목소리로 인사를 하며 "웃으셔요!" "찰칵", 손가락으로 V자를 그리며 "찰칵" 정신을 못 차리게 하였다. 환자들도 고통에 찌들지 않은 한창 싱싱한 10대의 활력에 당신들의 청춘이 떠오르는지 슬며시 미소를 짓기도 하셨다.

드디어 우리의 병실 음악회가 시작되었다. 흘러간 노래를 불러도 동요를 불러도 아이는 힙합 스타일로 제멋대로 흔들고 깡충거렸다. 병실의 분위기가 온통 우리에게 집중되고 환자들도 손뼉을 치며 좋아하였다. 칙칙한 분위기에 젖어있던 간호사들도 깔깔거리고 말이 없으신 어머니께서도 계속 웃기만 하셨다. 연변에서 왔다고 하는 간병인이 끼어들었다. 아들이 중국에서 의학 공부를 하고 있는데, 자신은 방송국에서 일했었다고 하며 지금의 상황을 기록물로 남겨야 한다고 했다. 이런 기록물이야말로 가족사의 다큐멘터리라며 강력히 주장하였다. 딸아이에게 동영상을 다 찍어놓아라 그래야 장례식장에서도 고인께 문상객들이 실감 나게 인사할 수 있을 것이고 어머니 기일에도, 당신이 보고 싶을 때도 언제라도 만날 수 있다며 적극적으로 액션을 취하기 시작했다. 정말로 성우였었는지 프로듀서였었는지 알 수는 없었지만, 그녀는 완벽하고 낭랑한 목소리로 즉흥 내레이션을 하기 시작했다.

"당신의 사랑하는 효자, 효부, 효손이 오늘 이 자리에서 당신과 함께하는 소중한 시간을 기억하고자 합니다. 언제고 한 번 가는 인생 무엇을 슬퍼하며 아까워하겠습니까? 당신의 삶을 이어주고 당신의 사랑을 기억할 아들 며느리 손녀의 몸과 마음 그 영혼에 당신이 살아 숨 쉬며 영원히 함께하며 이어져 나갈 것이기 때문입니다."

간병인은 유난히 '당신'이라는 단어와 문장 끝에 강한 악센트를 주었다. 꼭 북한 방송을 듣는 것 같았다. 그러나 문장의 구성이나 분위기를 아우르는 솜씨가 한 치의 동요도 없는 것이 프로 전문가임이 분명하였다.

"여기 당신을 위한 공연을 준비했습니다. 모두 즐겁고 환한 미소로 함께하여 주십시오. 이 순간이 지나가면 결코 다시 돌아오지 않습니다. 이 얼마나 아름다운 일입니까?"

우리가 머뭇거릴 틈도 없이 늘 들어서 외워버린 〈섬마을 선생님〉을 선창하기 시작했다. 침대에 누워있는 환자들도 손뼉을 치기 시작했다. 삶과 죽음이 공존하는 그러나 결국엔 죽음이 승리할 수밖에 없는 이곳에서 지금 이 순간만은 확실하게 삶이 죽음을 누르고 있었다.

그렇다. 우리의 삶은 무대 위에서 벌어지는 즉흥 연기이다. 전생이 있다거나 어떤 환경 속에서 태어났는가가 기본 프로그램이거나 배경일 수도 있을 것이다. 그러나 그 진행 과정은 늘 가변적이며 우리는 우리가 원하든, 원하지 않든 간에 일인 다역의 배역을 맡을 수밖에 없는 조건을 갖고 있다. 때로는 연출자로 때로는 얼굴만 비치고 사라지는 단역일 수도 있는 이 무대에서 우리는 누구에게 동정을 느끼며 누구를 불쌍히 여길 것인가? 네가 나이고 내가 그대일 수 있으며 산 자가 죽은 자이며 죽은 자가 산자일 수도 있지 않겠는가? 물질로 구성된 이 몸 또한 온 우주 만물의 원소를 빌어다 쓰고 있는 한낱 세포 생명체들의 숙주인 것을······

  그동안 간병인이 여러 번 바뀌었다. 그런데도 간호사나 간병인이 어머니를 귀찮아한다는 느낌을 전혀 받지 못했다. 처음에는 우리가 병원을 꾸준히 찾아오니까 신경이 쓰여서 그런 것은 아닐까 생각하기도 하였다. 그러나 꼭 그런 것만이 아님을 알게 되었다. 정서와 판단의 기능이 떨어질수록 거칠고 난폭한 행동을 하기 쉽다는데 어머니께서는 전혀 그렇지 않으셨다. 부지런하고 너그러우셨으나 때때로 감당이 안 될 만큼 감정적으로 격해질 때가 있는 분이셨는데, 그런 어머니께서 치매가 심해질수록 몇 마디의 말을 잊어버리지 않고 꾸준히 사용하고 계시는 것을 볼 수 있었다. 간병인이 용변을 치우러 와도, 식사를 가져와도, 간호사가 아픈 주사를 놓아도 끙 소리 하나 안 내신다.

"누구신데 이렇게 고울까? 감사합니다. 고맙습니다. 아이구 누구시더라, 나를 알아요? 곱기도 해라. 어디 편찮으신 데는 없어요?" 하고 물어도 "아니요. 하나도 안 아파요." 어머니의 이름 나이를 물어도 계속 웃으며 "몰라, 몰라요. 에이구 몇 살이더라? 에이구 바보네. 허허…"라는 말들을 적당히 골라서 말하는 것처럼 사용하고 계셨다. 그 외의 단어들은 점점 기억도 못 하시고 자식이 와도 말씀 없이 가만히 바라만 보실 때가 많아졌다. 늘 지치고 피곤한 간병인이 오히려 어머니에게서 위로를 받는 것 같았다. 그러다 보니 이제는 간병인이 알아서 어머니의 표정을 살피게 되었다.

병원에 가는 날이 늘 한결같은 것은 아니다. 가족이 찾아오는 환자들도 있으나 대부분 우리보다 찾아오는 일이 드물어서, 어머니에게 속옷 한 벌이라도 바꿔드린다거나 간식이라도 좀 준비할 때면, 같은 병실의 환자분들과 간병인 간호사까지 신경이 쓰였다.

우리는 이미 천사호의 공동 자식이 되어버렸다. 속옷 한 장 양말 한 켤레라도 어머니에게만 드릴 수가 없게 되었다. 솔솔 자잘한 경비가 늘어나기 시작했다. 게다가 박봉의 직장생활을 하면서 우리 가족이 아프거나 예상치 못한 일들이 생기면 신경이 곤두설 때도 있어 부부 사이가 좋지 못할 때도 있었다. 그래도 병원을 찾는 일은 멈출 수 없었고 병원 문을 여는 순간 우리는 사이좋은 부부, 효자와 효부를 연기하여야 했다.

아침이었다. 10년을 넘게 함께 살아온 진돗개가 죽어 있는 것을 발견했다. 아픈 내색을 안 하는 짐승이다 보니 피가 흐르는 것을 발견했을 때는 치료 시기가 너무 늦어버렸다. 동물병원에서도 내장이 다 상했는데 손을 쓸 수 없다고 했다. 너무도 가엾어서 소곤소곤 안락사를 시키기로 약속했는데, 그 마음과 생각을 읽었는지 그날 밤에 죽었다. 잠자듯 대문 앞에 누워있는 것을 강아지 때 데리고 온 절을 찾아가 조용한 곳에 묻어주었다. 고통을 내색하지 않으며 죽음을 맞는 개나 아픔을 참으며 고통을 감추시는 어머니나 모두 우리의 가슴을 찢어놓았다. 죽음 앞에서 사랑하는 것들을 다시 볼 수 없다는 것에 대한 비통함을 어찌할 수가 없었다. 슬픔으로 얼굴이 퉁퉁 부었지만 아무렇지도 않은 듯 병원 문을 밀고 들어섰다.

어머니께서 맑은 눈으로 '이 애가 누구지? 누군데 내 앞에서 노래 부르고 흔들고 이상한 짓을 하는 거지, 그런데 기분은 나쁘지 않은데…….' 하는 표정으로 슬며시 웃으신다. 차마 발걸음이 떨어지지 않아 노래 한 곡을 더 부른다.

"연분홍 치마가 봄바람에 휘날리더라. 오늘도 옷고름 씹어가며~ 봄날은 간다."

그래, 어머니의 봄날은 어떠했을까? 일제와 사변을 겪으며 혼란과 격동의 세월을 지나 자식을 먹이고 입히고 시래기를 주우며 헌 옷을 꿰매며 눈에 보이는 것이라고는 생존을 지켜내는 수단과 방법을 찾는 일, 그것 외에 그 무엇도 할 수 없고 볼 수도 없었던 지난 세월 속에서, 어릴 적 한때 나물 캐고 밤게 잡으며 개펄을 뛰놀던 짧디짧았던 유년의 시간이 어머니의 봄날은 아니었을까.

이제 바람에 날려가듯 당신의 봄날은 갔습니다. 망각과 외로움 가늘 수 없는 신체적 불편함만이 당신 곁에 있습니다. 칙칙한 불빛 아래도 기다리는 죽음은 아직 오지 않습니다. 이곳에 떨어져 뒹구는 낙엽은 찬란한 단풍 아름다운 황혼이 아닙니다.

그런데도 "얼른 돌아가셔야지 살 만큼 사셨어."라는 말을 이제는 당연한 듯 들을 수 없게 되었다. 병원에 처음 오셨을 때는 집에 돌아가겠다고 "나 집에 갈래." 연거푸 말씀하셨는데, 이제는 '병원'이나 '집'이라는 말도 기억조차 못하신다. 그런데 팔과 다리를 묶고 침상을 벗어날 수 없다는 이유로 이곳에 계시게 되었으니 우리는 늘 죄인이었다. 그리고 이제 배 속의 아기처럼 다리가 굽고 가죽만 남은 산 채로 미라가 되어가는 어머니를 보면서도, 때로는 구더기가 생겨도 살아계셨으면 좋겠다는 간절한 생각이 들 때가 있다.

우리는 암묵적으로 이곳을 '현대판 고려장'이라고 부른다. 처음에는 우리처럼 가슴이 찢어지게 아픈 자식들이 침상에 앉아 기도를 드리고 손을 잡고 눈물을 흘린다. 붙드는 손을 놓고 집에 돌아가면 다시 오기 어렵게 마음이 쓰리다. 일주일이 가고 한 달이 가고 생활이 바빠서 서너 달이 지나고 나면 그 괴로움은 차마 부모를 만나기 어렵게 만든다. 그리고 슬슬 병원비가 부담되기 시작한다. 천만 원, 기백만 원짜리, 고급 요양병원부터 저렴한 국가시설 요양원 그리고 장애등급을 받아 조금 낮아진 병원비 등, 돈이 있거나 없거나 어느 집을 막론하고 긴 병에 효자 없다. 우리는 이제 그냥 병원에 간다. 습관처럼 가기로 했다. 돌아설 때의 자신에 대한 배신감을 즐기기로 했다. 그리하지 않고서는 별 대안이 없기 때문이다.

어머니를 고려장에 던지고 온 아들은 어머니뿐만이 아니라 마누라에게도 죄인이 된다. 평소에 성질이나 팍팍 내던 마누라가 이곳에 오면 냄새나는 늙으신 어머니를 껴안고 손뼉 치며 춤추는 모습이 가슴 아파 슬며시 자리를 뜨곤 하는 그는 죄인이다. 돌아오는 길이면 "무얼 먹고 싶으냐? 당신 허리는 아프지 않으냐? 감기 걸리지 않게 얼른 쉬어야지, 그런데 드라이브라도 하고 싶어? 바람 쐴래?"등등. "당신한테 미안해, 그리고 고마워." 말을 못 하는 그는 밥 한 그릇에 애정을 담는다. 그러는 그가 가엾다.

"오늘도 죽을 다 드시는 것 보니 아직 걱정 안 해도 되겠어. 올해는 넘기실 것 같아. 그저 잠드시다 편안히 돌아가셨으면 좋겠는데……." 이것이 병원을 나서는 우리의 마지막 말이다.

당신을 보면 어릴 적 부엌에 뒹굴며 손때 묻은 바가지 생각이 나지요.

물을 푸고 솥을 닦고 곡식을 닦고, 시래기 같은 건지들을 삶아 올리며,

날 저물고 먼지 찌기 검댕이 재 묻고 홈 파이고 할퀴어진 누르뎅뎅한

거뭇한 바가지 생각이 납니다.

언제나 아무 때나 어느 구석에서라도 숨죽여 기다리며 홀대를 견디며

먹이고 입히며 생명을 키우시던 어머니 삭아버린 밥풀처럼 끈기 없는

푸석한 바가지 생각이 납니다.

대문 넘어 드는 액운 밀쳐내며 온몸으로 깨어져 부서지던 소리

바가지 밟히던 소리 그 소리 당신이 떠오릅니다.

창밖에 보이는 모든 것들이 차량의 속도만큼이나 빠르게 지나간다.

우리네 인생도 다를 게 없다는 생각이 든다. 갑자기 술 취한 듯 막무가내로 차선을 옮기며 추월하는 차량에 놀란 남편이 급히 핸들을 꺾는다.

"개 쌍놈의 새끼, 죽으려고 환장을 했나? 죽으려면 저나

죽지 애꿎은 사람을 왜 죽이려고 해, 미친놈."

"누가 숨넘어가는가 보지."

"죽는 사람이 '와서 보시오' 하고 기다렸다가 죽는다냐?"

"임종이라도 지키고 싶은 건가?"

"그러면, 죽는 것 지킨다고 살아서 한 모든 것이 다 덮어지기라도 한다냐?"

"임종 지키는 것이 무슨 의미가 있냐? 나야 어차피 고려장에다 부모를 던져 놓은 불효자니까 나 죽고 사는 것 걱정할 필요가 뭐 있냐? 제대로 부모 지키려면 옆에 모시고 일거수일투족 살피며 살아야 옳지 그리하지 못하는 놈이 뭘 임종을 지켜 자식 노릇하겠다고 하냐? 돈이나 잘 벌어서 살뜰히 살핀다면 모를까, 하긴 능력껏 잘 번다해도 마음이 있어야 하는 것 아닌가? 내가 부모에게 못한 것을 나 늙어 병들었을 때 무엇을 바랄 수 있겠냐? 그저 하루하루 부처님 말씀 새기면서 받아들이는 자세로, 수행자의 자세로 사는 것 외에 별다른 방법이 없지…… 생각은 그런데 정말 어렵다……. 잘 죽는 것만이, 깨끗이 죽는 것만이 최선의 수행이고 그것이 열반일 터인데……."

남편이 옆에서 한숨을 쉰다.

"나는 모기 새끼하고 새치기하는 놈하고가 제일 못돼 처먹은 놈들이라고 생각해. 왜냐하면 남의 피나 쪽쪽 빨아먹고 선량한 양심을 모른 채 짓밟으며 유유히 새치기하는 놈들의 뻔뻔함이란 죽이고 싶도록 얄밉단 말이야. 그중에서도 새치기하는 놈이 더 못돼 먹었단 말이야. 모기 새끼야 내가 정말 싫어서 그렇지, 그놈들은 살려고 피 빨아 먹는 것 아니냔 말이야? 그거야 사실 어쩔 수 없지, 모기 입장에서야 생명에 충실하며 사는 것이니까. 근데 인간이 모기 새끼처럼 사는 놈들은 또 얼마나 많고…… 문제가 많아, 사람이 너무 오래 살아, 그리고 너무 많아. 노인들이 운전하는 것도 요즈음 큰 도로 문제가 되고 있다고 하는데…… 허긴 운동신경이 둔화되다 보니……. 이 모든 것이 남의 이야기가 아니지……."

서글퍼진 남편이 하남석의 〈바람에 실려〉라는 번안 가요를 부르기 시작한다. 젊은 시절에는 하남석 특유의 설명하기 힘든 향수를 띤 듯한 약간은 궁상스럽게 느껴지는 목소리가 싫어서 달가워하지 않던 노래였는데, 오늘은 가슴이 저리도록 스산함이 밀려온다. 나도 남편도 떠남에 대한 인식을 새삼 확인하는 듯 조용해진다. 나는 푸념 섞인 말이 듣기 싫어 고개를 돌린다. 겨울로 들어가는 노들강가에는 아직 푸른 잎새의 나무들이 서 있다. 어머니가 계신 병원에서 당신의 기억을 움직여 보고자 자주 불러드렸던 노래가 생각난다.

"노들강변 봄버들 휘휘 늘어진 가지에다 무정세월 한 허리를 칭칭 동여서 매어나 볼까. 흐르는 저기 저 물만 흘러 흘러서 가노라."

나는 꿈을 꾼다. 히말라야산맥 어느 깊은 곳 나의 주검을 앞에 놓고 조상과 하늘의 신께, 자연에 내 육신의 마지막 외투 벗어 흔들며, 있을지 없을지도 모를 영혼 흩날려 보내는 것을…… 나의 살점과 녹아내릴 고름들과 한때 향기로웠던 머리칼들이 대지를 향해 숨 쉬며 두 팔 벌려 노래하듯 삶을 마감하기를…… 죽음의 순간을 놓치지 않고 알아차림 하면서 사랑과 감사를 보낼 수 있기를…… 그리고 나는 다시 살고 싶다. 절망과 회한으로 물들여진 시간을 떠나서 고뇌하는 청춘 삶에 지쳐 몸부림칠 때 따스한 봄볕 귓가에 속삭이는 한 줄기 부드러운 대지의 숨결로 거듭나고 싶다.

남편이 다시 노래하기 시작한다.

"인생은 나그넷길 어디서 왔다가 어디로 가는가?

인생은 나이롱 뽕 땡잡으러 왔다가 쭉정이로 가는
것⋯⋯"

나는 말없이 흐르는 강물을 바라본다. 무정세월은 여전
히 묶을 수 없고 내 마음의 파도도 잠재우기 힘들다.

옛 선인의 글이 떠오른다.

심여만고청산(心如萬高靑山) 행여만리장강(行如萬里長江)

나는 오늘도 두리번거리며 어딘가 있을 것만 같은 나만
의 고려장을 찾는다. 그리곤 황혼의 노래를 꿈꾼다.

오!

나의

주님

"아리야!"

이른 아침 나를 부르는 소리가 들린다. 심장이 벌렁거리고 온몸에 털이 곤두선다. 부드러운 손길, 내 사랑의 품속에 안기거나 쇠와 가죽이 붙은 끈에 묶일 것이다. 자유를 박탈하는 이 목줄이 내게 행복과 기쁨의 상징이 된 지 오래다. 오늘도 떨리는 하루가 시작된다.

나는 내 출생에 대해 잘 모른다. 그렇지만 지금 내가 사는 이곳에 온 날만큼은 또렷이 기억하고 있다. 나를 품에 안고 선 소녀는 몸집도 크고 목소리도 거친 아버지라는 사람 앞에서 나를 기를 수 있게 해달라고 애원하며 야단을 맞고 있었다. 나는 자신이 '대주'라며 큰소리치는 덩치 큰 남자와 언제 어떻게 기분이 바뀔지 모르는 목소리 높은 여자의 결정에 따라 내 삶이 달려있다는 것을 직감적으로 알 수 있었다. 나는 내 모습을 온전히 비춰본 적이 없어서 그리고 내 눈에 보이는 색깔들은 모두 다 그렇고 그래서 나를 설명하는 말이나 상황에 대해 잘 이야기할 수가 없다. 그렇지만, 나는 큰소리는 치지만 연약한 생명을 가엾어하는 남자의 흔들리는 눈빛은 놓치지 않았다. 나는 소녀의 품에서 굴러떨어지듯 튀어나왔다. 하얀 솜뭉치 같은 동그란 몸을 그의 발 등에 붙이고 계속 비벼댔다. 귀찮아 떼어내도 '한 번 물었으면 절대로 놓지 마라!'는 어떤 외침의 소리를 따라 바짓단을 물고 몸을 웅크렸다. 소녀는 종달새 같은 목소리로 계속 아양을 떨고 있었다.

"애가 그 예쁘다고 하는 귀족 견 스피츠예요. 친구 작은아버지가 애견 전문가예요. 워낙 이쁜 애를 내가 잘 기를 것 같다고 해서 팔지도 않고 준 거예요. 이렇게 가방까지요."

"다시는 개 안 기른다고 했지? 예쁘다고, 사랑한다고 하면서 밥도 제때 안주고 저 좋을 때만 만지작거리는 꼴 정말 보기 싫거든! 그리고 너! 네 생활도 불규칙하고 부지런하지 않은데 어떻게 잘 돌볼 거라고 믿을 수 있겠냐? 웅?

입으로만 사랑한다고 하고 함부로 대하는 무책임한 사람들이 얼마나 많으냐? 내 집에서 내 딸자식까지 그런다는 건 상상만 해도 견딜 수 없어. 당장 내보내! 정 들이고 떼는 짓, 이젠 정말 하고 싶지 않아. 알았어?"

"헐, 이제 두 달도 안 된 아기를 어디다 보내요. 제가 기르면 안 될까요? 네? 아버지."

"두말하기 싫다. 사람이고 동물이고 간에 사랑한다고 하면서 울타리 안에 가두어 두는 것처럼 잔인한 게 없다고 생각하는 사람이 나야, 나라고!

"그렇게 말씀하시는 아버지도 우리를 꼼짝 못 하게 하시면서 다른 사람이 들으면 대단한 평화주의자로 알겠어요."

"뭐라고! 이 녀석이 그냥……"

"뭐, 네 말도 일부 맞긴 하지. 그렇지만 나도 개 기르는 것은 반대야. 아무리 예쁘고 사랑스러워도 개가 죽을 때까지 책임질 거 아니면 아예 기를 생각도 하지 마! 사랑이란 말이야, 책임과 의무도 지킬 줄 알아야 하는 거야. 사람 믿고 사는 동물이라고 그렇게 가볍게 생각해서는 안 되는 거야. 마음 아프겠지만 다시 보내도록 해. 분명 누군가 잘 길러 줄 사람을 만날 수 있을 거야 알겠니?"

두 사람의 다투는 소리와 엄마라 불리는 여자의 훈수까

지 들으니 겁이 덜컥 났다. 나는 이제 겨우 두 달도 안 된 개새끼이고 나를 양육할 만한 능력이 없어 보이는 소녀만이 나를 이 집에서 살게 하려고 애쓰고 있었으므로……. 나는 꼼짝도 안 하고 대주의 발목에 기대어 웅크리고 있었다. 말을 하면서도 나를 밀쳐내서 여러 번 데굴데굴 굴려졌지만, 바짓단 속으로 기어들곤 했다. 나는 그가 말하는 것과는 달리 책임감 있는 사람으로 생각되었다. 그렇지 않고서야 한 번 들인 정을 떼어내는 데 저리 괴롭다 말할 수 있겠는가? 나와 정이 들기만 한다면 절대 배반하지 않을 것 같았다. 이별의 상처가 싫어서 나를 받아들이지 않으려 한다는 것을 알게 된 순간 나는 목숨 걸고 그에게 매달렸다.

"얘가 왜 이래!"

그가 나를 움켜쥐고서 마룻바닥에 냅다 던졌다. 나는 절대로 깨갱대는 소리를 내지 않았다. 죽은 척하고 있다가 앉아있는 그의 바짓가랑이 사이에 들어가 몸을 동그랗게 말고 웅크렸다.

"허, 이놈 봐라! 어쭈, 쨱소리도 안 하네. 그래 어디 한번 보자!"

그는 나를 좀 더 멀리 내던졌다. 나를 괴롭힐수록 그가 나를 시험하는 것만 같아 '끙' 소리 한 번 안 내고 견뎠다.

생존을 위하여 다시 바짓단 안으로 기어들어 가 그의 다리를 핥았다.

"나는 너에게 할 말 다 했으니 내일까지 얘를 다시 돌려보내. 알았지? 대주가 하라면 하는 거지, 뭔 말이 그렇게 많아! 잘 돌보지 못하는 것도 싫고, 기르다 병나도 싫고, 죽는 건 더 속상하고 싫은데, 죽지 않게 병원에 들일 돈도 없어. 사람보다 개새끼 병원비가 더 비싸다는 거 몰라? 보험도 안 되고 너는 그런 생각도 없이 개새끼를 데리고 온 거냐?"

"아버지, 제가 밥 주고 똥 치우고 목욕시키고 할 테니까 그냥 우리 집에서 길러요. 네? 아버지. 흑흑……"

나는 소녀가 무척 고마웠지만, 소녀에게 가지 않았다. 소녀가 아버지라고 부르는 대주가 들어간 방은 문턱이 높아 보였다. 나는 유리 상자에 갇혀 지냈기 때문에 한 번도 어딘가 기어올라 본 적이 없었다. 그렇지만 이 문턱을 넘지 않고서는 이 집에서 살 수 없을 것 같았다. 몇 번 뒤집어졌지만 문턱을 넘었고 대주가 누워있는 옆으로 가서 고개를 디밀고 얼굴을 핥았다.

무슨 털모자 같은 것이 깔린 상자 속에서 첫 밤을 보냈다. 앞으로 어떻게 살게 될지 모르는 낯선 곳에서의 밤이지만 그래도 어제 있던 곳보다는 좋았다. 엄마가 나를 낳고 얼마 안 되어 내 형제들은 모두 어디론가 떠났다. 누군가 와서 예쁘다며 건강해 보인다며 들여다보고 나면 형제들이 하나씩 사라졌다. 나는 어딘가로 가게 되었는데 개가 정말 많이 있었다. 상처 난 개, 몸집이 큰 개, 더러운 개들이 우글우글했다. 나는 다행히 아직 아기라고 유리 상자 같은 곳에 넣어주었다. 이곳에 소녀가 찾아온 것이다. 나는 버려진 강아지였다. TV를 보다가 불쌍한 개들의 이야기를 들은 소녀가 친구와 함께 유기견수용소에 찾아와 저금통을 털어서 나를 넣을 가방과 사료를 사 들고 목욕까지 시켜서 깨끗한 강아지로 만들어 데리고 온 것이었다. 유기견이라는 사실을 알면 '병균을 옮기지는 않겠느냐, 어디 있던 개냐?' 등 좋지 않은 반응을 예상한 소녀는 거짓말까지 하였다. 고마운 그 소녀와 함께 살기 위해서라도 나는 이곳에서 살아남아 인간이 원하는 귀족 견이 되어야만 했다. 그리고 아무리 내가 어려서 모른다 해도 유기견수용소에서는 살고 싶지 않다.

이튿날 아침 나는 쉬가 하고 싶었다. 본능적으로 무언가를 긁어댔다. 신경이 곤두선 대주가 나를 마당 밖으로 휙 집어 던졌다. 나는 죽을 것처럼 온몸이 아팠지만 쉬가 더 급했으므로 그 자리에서 실례하였다.

"허! 저놈 봐라! 어린놈이 어이쿠, 제법인데. 오줌 마렵다고 닥닥 긁어댄 것 아니야? 정말 똥개 새끼는 아닌 것 같은데. 허, 참……"

나는 얼른 그의 반응을 내 행동 본능에 입력시켰다. '그래, 마당에서 오줌을 싸자. 그러면 무서운 저 사람이 나를 좋아할 것이다.' 그가 나와서 내 목덜미를 쥐고 마루에 들여놓았다. 출근한다고 문을 나설 때까지 나는 한사코 그의 바짓단 속을 헤집고 매달렸다. 개들은 원래 본능적으로 서열을 만든다고 한다. 나는 그를 제일 서열에 두고 내 주인으로 삼기로 했다. 나는 내 생존과 안녕의 보장 순위에 따라 서열을 정하는데 이곳에서 내 생존 여부를 쥐고 있는 이는 '대주'라고 외치는 그 남자였기 때문이다. 저녁이 되자 그가 사람의 아기들이 먹는 우유를 사 왔다.

"이놈의 개새끼가 온종일 내 바짓단 사이를 파고들던 모습이 떠올라 미치겠더라고. 어미도 모르는 주먹만 한 것이 꼭 살려 달라고 애원하며 매달리는 것 같아서. 나 원 참…… 아라야! 네가 데려왔으니까 네가 이름 지어주고 알아서 키워. 만약 집안에서 오줌똥 싸게 하거나 제대로 밥 안 주고 돌보지 않으면 가만두지 않겠다. 알았지? 다시는 개 안 기르려고 했는데."

'대주'라는 사람을 나의 대주님으로 삼고 복종하기로 하였다. 그렇게 나는 이 집의 일원이 되었다.

"아버지, 고마워요. 제가 똥 치우고 목욕도 시킬게요."

대주님의 근엄한 가부장적 권위에 눌려서 아빠라 부르지 못하는 소녀가 홍홍거리며 좋아라 뛰었다. 저승사자도 무서워한다는 중2짜리 소녀의 사랑은 이날 이후 별로 기대할 만한 것이 못되었다. 학원이다 숙제다 시험이다 졸립다 하면서 뭐가 그리 바쁜지, 집에만 돌아오면 "아리야, 아리야." 하면서 내 머리통을 두어 번 쓰다듬고 공중에 번쩍 들어 올리고는 정신 못 차리게 빙빙 돌린 후, 제방으로 휙 들어가 버리면 그만이었다. 밥도 물도 주지 않고 똥도 치워주지 않았다. 그러면서 만날 예쁘다며 핸드폰에 사진을 찍어 친구들에게 자랑만 하고 다녔다. 자기 이름이 '아라'인데 개새끼 이름을 주인 이름보다 더 길게 지을 수 없다며 꼭지를 하나 떼어낸 '아리'라고 이름을 지어주었다. 그 이름이 어떤 뜻인지 알 수 없지만, 마음에 들었다. 무뚝뚝한 대주님은 말과 달리 정이 깊은 사람이었다.

내가 대주님과 함께 살 게 된 지 벌써 일 년도 훌쩍 지났다. 그동안 나는 몸이 많이 커졌고 털도 풍성해졌다. 사람들과 함께 살다 보니 사람들은 나와 아주 다르다는 것을 알게 되었다. 그렇지만 한편으로는 꼭 그런 것 같지도 않았다. 그래서 가끔은 대주님 잠자리에 파고들거나 방 문턱을 살며시 넘기도 한다. 그러면 영락없이 대주님과 대주님이 유일하게 무서워하는 여주인이 동시에 외친다.

"이놈의 개새끼가 미쳤나. 네가 사람인 줄 아냐! 응? 나가!"

나는 마당으로 내동댕이쳐진다. 내가 이렇게 방에까지 들어갈 수 있게 된 것은 순전히 대주님의 교육방식 때문이다. 이 집 마당에서 마루로 올라가는 데는 턱 높은 계단이 몇 개 있는데 대주님은 항상 계단 맨 위에다 내 밥그릇을 놓아주곤 하셨다. 나는 아직 계단을 오를 수도 없고 다리를 걸치기만 해도 몸이 뒤집어질 것처럼 힘이 들었다. 결국 기진맥진해져서 마당에 나뒹굴게 되어야 겨우 밥그릇을 옮겨주곤 하셨다. 그러다 보니 내 다리는 튼튼해졌고 계단 오르는 데는 귀신이 다 되었다. 이런 괴로운 훈련을 받으며 나는 내가 개새끼라는 것을 분명히 알게 되었다. 나는 대주님과 같은 말을 쓰지 않지만 내 귀와 코는 워낙 기능이 좋아서 대주님의 기분까지도 대번에 파악할 수 있다. 나는 아침이면 늘 마루 문을 닥닥 긁어댄다. 대주님의 잠을 깨우는 것이다. 그러면 대주님은 "이놈의 개새끼가 잠도 못 자게 하네." 하면서도 일어나 문을 열어주고 결국 잠자리에서 일어나신다. 그리곤 내 앞발과 목을 가죽끈으로 묶고 산으로 올라가신다. 처음에 나는 숨을 헐떡이며 질질 끌려갔다. 계단은 왜 이렇게 많고 대주님 걸음은 왜 그렇게 빠른지, 죽어라 뛰어야 겨우 따라갈 수 있었다. 그러나 지금은 내가 대주님을 앞선다. 산에 오르면 나는 너무 행복해서 어쩔 줄 모른다. 대주님은 "개는 개다워야지." 하며 천천히 주변의 온갖 것들의 냄새를 맡게 해주고, 마음껏 달리며 산책 온 개들과 놀 수 있도록 흠뻑 자유를 주신다. 찍찍 소리 없이 주인의 훈련을 견뎌낸 보상이라고 하신다. 나는 대주님의 속도에 맞춰 400미터가 넘는 운동장 트랙을 열 바퀴 넘게 뛰고도 대주님이 던지는 공을 물어와야 했다. 다섯 달쯤 되었을 때는 오른쪽 다리가 두 번이나 탈골이 되었다. 내가 다리를 전혀 쓸 수 없게 되자 개새끼에게 쓸 돈 없다던 대주님이 현금 30만 원이나 주고 병원 치료를 받게 해주셨다. 그리고 수도 없이 뺨을 때리거나 넘어뜨리며 민첩성을 길러주셨다. 이제는 제법 큰 개가 다가와도 물러서지 않는다. 대주님은 남들이 예쁘다 하는 미용에는 전혀 관심이 없다. 사람들이 워낙 예쁘다고 칭찬하는 바람에 빗질도 안 해주는 대주님이 기분이 좋아서 처음으로 미용실에 데리고 가셨다. 마당에 뒹굴어 회색 털이 된 나를 목욕시키느라 미용실 선생님이 땀을 한 말이나 흘렸다. 사람들이 '신데렐라가 백설공주 됐네.' 하며 갈기가 멋지다고 장군봉 '백사자'로 불러주었다. 내일을 알 수 없는 유기견에서 나는 장군봉 대주님의 수행비서로 격상되었다.

내가 대주님을 따라 산에 오르게 되면서부터 대주님에게도 변화가 생기기 시작했다. 우리 대주님은 10년이 넘도록 비가 오나 눈이 오나 장군봉에 올라 운동을 하셨다. 워낙 무뚝뚝하고 말이 없어서 아무도 말을 걸지 않았다. 그런데 내가 따라다니면서부터는 대주님께 관심을 두는 사람들이 많아졌다. 특히 내 핑계를 대며 말을 거는 예쁜 아줌마들이 생겨났다. 예쁜 아줌마가 같이 운동하자며 대주님 옆에서 걷기 시작했다. 신경이 쓰였는지 걸음을 빨리하던 대주님이 드디어 달리기 시작하셨다.

"일체의 현상은 덧없는 것이니 한 번 나면 반드시 죽나니, 그래, 반드시 죽나니 죽나니 죽나니……. 욕망은 칼끝에 묻은 꿀이니 나를 베고 남도 죽이고 일체의 현상은 헉헉"

이상한 말을 중얼거리며 대주님이 기를 쓰고 달리셨다. 따라 달리던 아줌마도 제치고 나도 대주님 속도에 맞춰 달리느라 몹시 힘이 들었다. 무리하게 달리던 대주님께 드디어 문제가 생겼다. 족저근막염이라는 병이 와서 의사 선생님이 뛰지 말라고 하셨다. 인정사정없이 나를 끌고 다니던 대주님이 함께 뛰지 못하게 되자 무척 답답해하셨다. 벤치에 앉아서 나를 쓰다듬거나 살살 걸으면 또 상냥한 아줌마들이 대주님 옆에 다가와 나를 쓰다듬으며 말을 건네곤 한다.

"사장님. 아기가 여자예요? 남자예요?"

"예? 누구요? 저요? 아니면 얘요? 전 사장님 아닌 아저씨. 얘는 암컷, 아직 강아지, 개새끼예요."

예쁜 아줌마들이 말을 걸면 기분이 좋을 텐데 이상하게도 대주님께서는 퉁명스러워지곤 하셨다.

"어머머, 그렇게 정색하시면 어휴, 민망하잖아요. 호호호, 아기가 너무너무 예뻐서요."

대주님과 이야기하려고 작심을 하였는지 주머니에서 내가 먹어보지 못한 맛있는 냄새가 나는 것을 꺼내주며 대주님과 친한 척을 한다. 예쁜 아줌마들이 다가올수록 나는 맛있는 간식을 얻곤 한다. 나는 배운 대로 바르게 앉아 의젓하게 기다린다. 똥개처럼 먹이에 달려들어서는 안 된다. 나는 귀족 견이니까. 침을 꼴깍 삼키면서 동그란 눈에 물기를 촉촉이 담고 살며시 앞발 한쪽을 들어 올리고 고개를 갸웃거리며 기다리면 된다. 그러면 제아무리 강심장이라도 나에게 녹지 않을 수 없다는 것을 경험해서 잘 알고 있다. 내가 사교계 여왕처럼 인기가 높아지자 대주님 곁을 맴도는 여자들이 많아졌다. 내가 새끼를 많이 낳아서 예쁜 내 새끼들을 외로운 총각들에게 분양한다면 물론 사랑으로 잘 길러줘야 한다는 조건이 붙겠지만 분명 여자 친구들이 많이 생길 것이다. 나를 구실삼아 다가와서는 우리 대주님께 친구 하자, 산에 같이 다니자며 살갑게 접근하는 아줌마들도 생겼다. 나는 저녁이면 대주님 몰래 치즈랑 달콤한 케이크 같은 것을 주곤 하는 목소리 높은 여주인 생각이 나서 대주님이 다른 여자랑 친해질까 봐 자꾸 걱정되었다. 할아버지 팬도 생겼다. 운동장을 돌다 정자 앞에 앉으면

"사람이 개만도 못혀. 늙으니 어디서고 반기는 것이 하나도 없단 말이여. 나도 너같이 살면 좋겠다. 어여 이거나 먹어라."

하며 북어와 노가리 멸치 같은 것들을 주신다. 나는 털이 매끄럽도록 쓰다듬음을 받으며 맛있는 간식들을 먹는다.

산에 오르면 이제는 어찌나 힘이 솟는지 행동 통제가 되질 않는다. 시간이 흐르면서 나는 자연스럽게 대주님을 깊이 사랑하게 되었다. 나는 목줄을 풀어놓아도 대주님과 다섯 걸음 이상을 벗어나지 않는다. 날씨가 추워지자 산에 오는 개들이 많이 적어졌지만, 산에서 만나는 개들을 보면 참 이상하다는 생각이 들곤 한다. 우리 대주님은 '개는 개다워야 한다'는 원칙에 따라 나를 잘 씻기지도 않고 방안에서 재우지도 않는다. 실컷 냄새를 맡아야 하고 소리에 민감해야 한다시며 산에 올라오면 풀섶에 몸을 비비게 하고 흙에 뒹굴게 하신다. 내 털이 좀 더러워져도 그게 건강한 거라며 물통에 한두 번 정도 빠뜨리는 것이 전부이다. 그런데도 사람들은 내게서 개 비린내가 안 나고 반짝반짝 윤이 난다며 좋아한다. 그런데 다른 개들은 나와 너무도 다르다. 자주 만나는 푸들 두 마리는 연지곤지 물들이고 꽁지에 리본을 달았다. 땅바닥이 더럽다고 신발을 신고 오는데 만날 찍찍 미끄러지곤 한다. 내가 가까이 가면 꼬리는 치면서도 주인에게 매달려 숨기 바쁘다. 또 비숑 프리제 한 쌍이 올라오곤 하는데 털 관리가 안 된다고 주인이 발가벗기듯 털을 다 밀어버렸다. 사람들이 왜 나를 기르려 하지 않고 버렸는지 알 것 같다. 나는 사자 갈기 같은 털과 길고 풍성한 엉덩이 털, 부채 빗살 같은 꼬리털이 달팽이처럼 말려있다. 다른 집에서라면 내 털이 쫄딱 발가벗겨진 채로 살게 되었을지도 모를 일이다. 그 비숑 프리제 중 유난히 머리통만 크고 동그랗게 관리를 한 놈이 수컷인데 이것이 내게 반해서 자기 짝이 있는데도 보기만 하면 달려들곤 한다. 암컷이 주인 곁에서 깡깡 짖어대지만, 아랑곳없이 덤벼드는데 정말 감당이 안 된다. 귀찮아서 냅다 도망쳤다.

"아리야! 장군봉 백사자 위상이 그게 뭐냐!"

아줌마들이 화를 냈다. 대주님께

"속상하지 않으셔요?"

그러면 대주님은

"개들이 다 그렇지. 개들의 행동까지 사람에다 비교하면 개가 사람인지, 아니면 사람이 개인지 구별이 되겠어요? 참, 별걸 다 갖고 신경 쓰시네."

하신다. 머쓱해진 아줌마들이 '어이구' 하며 핀잔을 주었다. 참 이상하다. 짝 있는 수캐가 예쁜 암캐에게 관심 두는 것을 내가 피했다고 화를 내는 것이 아줌마들에게 관심 없는 우리 대주님을 원망하는 말처럼 들렸다. 머리만 크고 돌직구인 비숑 프리제 수컷은 이제 겁나지 않는다. 나는 비록 개지만 다짜고짜 들이대는 임자 있는 수컷은 내 취향

이 아니니까.

나도 슬슬 성견이 되고 있었다. 아파트에서 사는 개들은 손발톱을 깎이고, 짖지 못하게 성대 수술도 당하고, 새끼도 낳지 못하게 거세 수술까지 당하는 경우가 많다고 한다. 나는 길고 멋진 털을 갖고 있는데 나의 자랑인 이 털 때문에 사람들의 사랑을 받지 못하는 때도 있다. 그런데 정말 다행스럽게도 대주님 가족은 털을 깎거나, 성대 수술, 거세 수술 같은 것은 아예 생각조차 안 하신다. 하루는 대주님이 나를 안고서 혼잣말을 하셨다.

"너를 시집보내고 싶지만, 도시나 시골에서도 이제는 너처럼 이렇게 풀어놓고 개를 기를 수 있는 곳이 없으니 어쩌면 좋으냐? 수컷과 놀게 하고도 싶지만, 새끼를 낳아도 새끼들과 함께 살지 못하는 세상이고, 쓸만한 놈이 있는 것 같아 살펴보면 죄다 땅콩을 떼버려서 새끼도 못 만드는 쭉정이들뿐이니, 세상에 너를 어찌하면 좋으냐?"

하셨다. 나는 시집을 못 가도 대주님과 함께 살다가 죽었으면 좋겠다. 산에 오를 때면 이상한 생각이 들곤 한다. 대주님이 나의 주인인 줄을 모두 알고 있으면서도 아줌마들과 할아버지들은 "이제부터 내가 네 엄마 할 거다." 또는 "네 아빠다. 알았지?" 하면서 자기를 나의 엄마나 아빠로 불러주길 바란다. 대주님께서도 그것을 싫어하는 기색이 별로 없으신 것 같았다. 마음 놓고 그렇게 생각하고 말하고 싶은 대로 하라고 하셨다. 그 사람들은 사람 사는 일이라는 게 무척 분주하다고 말한다. 그런데도 아침이면 제일 먼저 생각나는 것이 나, 장군봉의 이 '아리'라는 개새끼라고 한다. 나에게 먹일 것까지 준비해서 산에 오는 것이라면 분명 아낌없이 애정을 쏟을 대상이 없는 게 분명하다. 대주님도 그걸 알고 계시는 것 같았다. 얼마든지 쓰다듬고 안고 그러라며 나를 내어주곤 하신다. 오늘도 대주님 곁에 두세 명의 아줌마들이 쥐포와 오징어, 치즈를 갖고서 나를 구실 삼아 대주님을 기다리고 있었다. 한 아줌마가 투정하듯 말했다.

"아리야! 난 널 사랑하는데 너는 날 사랑하지 않지? 그렇지?"

"......"

내가 어떻게 사람의 사랑을 증명할 수 있겠는가!

"너는 분명 날 사랑하지 않고 있어. 내가 이렇게 너에게 관심을 보이는데도 너는 어떻게 그렇게 매정하게 확 돌아서서 갈 수가 있니?"

늘 대주님께 '아리 아빠'라고 부르는 아줌마였다. 대주님
은 "나는 우리 딸 아라의 아빠지 개 아비가 아닙니다. 사람
의 아버지란 말입니다." 하며 언짢게 대답하곤 하셨다. 통명
스러운 대주님도 예쁜 아줌마의 태도도 정말 알 수가 없다.
아줌마의 표정은 여간 심각한 것이 아니었다. 꼭 눈물을 떨
굴 것만 같았다. 나를 사이에 두고 자기 아들딸, 혹은 남
편에게 아니면 무심한 대주님에게 '나에게 관심 좀 주셔요.'
하며 투정을 부리는 것 같기도 하다. 이럴 때 내가 침묵을
지킬 수밖에 없는 개라는 것이 참 다행이다. 산에서 나는
늘 사람대접 아니, 사람보다 더 사람대접을 받는 것 같다.
사람이 사람에게 대할 때 볼 수 있는 거짓이라는 것을 나
에게는 보여주지 않기 때문이다. 아무런 계산도 하지 않고
대가도 바라지 않고 눈 뜨면 내 생각을 하고 먹일 것을 준
비해오는 순전한 마음을 주고 간다. 나는 가끔 내가 개라
는 사실을 잊곤 한다. 내가 사람보다 감각 기관이 더 발달
하고 사람과 함께 살아서 그런지, 나는 사람들이 나를 두
려워하는가 정말로 좋아하는가 까칠한 사람인가를 분명히
알 수 있다. 아무리 맛있는 것을 주어도, 나를 예뻐하며 잘
기르겠다고 하는 사람이 있어도 나의 마음은 흔들리지 않
는다. 나를 야단치고 때려도 죽을 때까지 대주님과 살고 싶

다. 왜냐하면, 나는 나의 대주님을 너무도 사랑하며 우리는
서로 배반할 사이가 아니므로……

목사님 한 분이 나를 쓰다듬으며 대주님과 걸음을 같이
하며 전도를 시작했다. 변함없이 산에 오르며 규칙적인 생
활을 하시는 진실한 분 같아 자기네 교회에 모시고 싶다고
했다. 대주님께서는

"저는요, 십계명 못 지켜서 교회에 안 갑니다. 집안에 계
신 우리 부모님도 잘 못 모시는데 볼 수도 없는 하느님 아
버지를 어떻게 잘 받들겠습니까? 그리고 사랑한다고 하면
서 신의 울타리 안에 인간을 가두는 것 아닙니까? 그리고
배반했다고 하고…… 왠지 안 당깁니다. 싫습니다. 그리고
나는 매일 배반과 간음을 하며 사는 놈입니다. 아내를 사
랑하면서도 이쁜 여자를 보면 그저 어떻게 한번 해보고 싶
은 음심이 발동합니다. 이상한 사진이라도 눈에 띄면 머리
를 흔들며 지우려 해도 순식간에 또 그 영상이 떠올라 통제
가 안 되어 괴롭습니다. 몸과 마음과 생각이 늘 따로 논다
이겁니다. 목사님께서는 아니 그러시겠지만, 텔레비전에서
성추행했다고 욕먹는 명사들이나 나나 별반 다를 게 없습
니다. 마음으로 죄짓지 않고 살기가 너무 힘드니 몸으로라

도 죄짓지 않고 살아보려고 뛰고 또 뛰고 이렇게 몸부림치며 산다, 이겁니다. 그런데 주일마다 죄 사함을 구하고 또 죄짓고 배반하고 내가 나를 용서 못 하는데, 내 죄를 하늘에 맡기고 복되게 살라고요? 에이, 너무 뻔뻔하고 염치없어서 싫습니다." 하셨다.

목사님께서는 바르지 못한 죄와 타협하고 배반하는 인간의 삶을 구원하시려고 하느님께서 독생자 예수그리스도를 보내신 것이라며 열심히 설교하셨다. 불편하던 차에 아주머니 한 분이 대화를 끊으며

"강아지야, 너 이름이 뭐냐?"

물었다. 운동장을 돌던 사람들이 모두 놀라며 걸음을 멈췄다. 한때 부부 간첩 은닉장소였던 자리에서 노숙자처럼 사는 방언 기도 아주머니였다. 묵언 수행하는 스님처럼 오륙 년이 넘도록 누구하고도 말 한마디 안 하던 아주머니가 처음으로 내게 말을 걸어온 것이다. 대주님은 아주머니 덕분에 목사님의 전도로부터 해방되었다. 아주머니도 사람들이 싫었었나 보다.

산에 오르면 나는 완전한 자유견이다. 가랑잎 사그락거리는 소리를 들으며 똥을 누면 너무 행복하다. 지난번 골

절로 병원에 갔을 때도 "얘는 너무 깨끗해서 똥꼬 짜줄 일이 없네요." 하던 말이 떠오른다. 가랑잎을 깔고 미끄럼 한번 타고나면 정말 상쾌하다. 다른 애완견들의 주인들은 참 불편할 것이다. 매일 똥꼬를 짜주고 씻겨주고 양치질해 주고…… 개들도 정말 개 같은 삶을 살지 못할 것이다. 사람이나 개나 생명이 살아가는 것은 비슷한 것 같은데 사랑을 표현하는 방식은 정말 다르다. 꽃단장한 푸들은 배를 바닥에 깔고 비비고 기면서 꼬리를 흔들어야 먹을 것을 얻어먹고 주인에게 사랑을 받는다. 같은 개의 눈으로 보아도 너무 굴욕적이다. 나는 사랑한다면 자유를 좀 주어야 한다고 생각한다. 개가 사람의 생각을 할 수 있을지는 잘 모르지만, 나만큼 자유로운 개도 별로 없는 것 같다. 사람도 개와 마찬가지로 비굴함과 구속을 싫어할 것이고 사랑받기를 원할 것이다. 산에서 내게 베푸는 관심과 사랑을 사람들은 서로 나누지 못하고 사는 것만 같았다.

오랜만에 아라 소녀와 대주님이 나를 데리고 번화한 길을 걸었다. 내가 지나갈 때마다 예쁘다고 머리를 쓰다듬고 뽀뽀까지 하는 사람들을 만났다.

"아버지 신림동 꽃거지 아셔요?" 아라 소녀가 말하기 시

작했다. "거지도 인물이 잘나고 볼 일이에요. 같은 노숙자
인데도 얻어먹거나 하지 않는대요. 사람들이 그냥 준대요.
우리 아리도 산에 가면 사람들이 먹을 것 주느라 정신없잖
아요? 그러니 개나 거지나 잘나고 볼 일 아니겠어요? 그래
서 개새끼까지 성형을 시키나 봐요. 세상에 참."

"우리 아리가 얻어먹기나 하는 거지 개냐? 자기들이 이
뻐서 주는 거지."

"아리 얘 유기견이었어요, 아버지. 헉!"

"뭐라고! 날 속인 거야?"

지하도 입구에서 더러운 차림의 사람이 건물에 기대어
행인들을 바라보고 있었다. 아무도 그를 거들떠보지 않았
다. 나처럼 마당 같은 밖에서 사는 것은 비슷한데 아무도
그 사람을 쳐다보거나 먹을 것을 건네주지 않았다. 티끌만
한 동정의 모습도 볼 수가 없었다. 개새끼인 나에게는 반짝
이는 미소를 보내다가도 표정을 싹 바꾸며 오물이라도 묻
을까 봐 얼른 피해 가고 있었다.

까마득한 기억이 가물가물 떠올랐다. 아라 소녀가 나를
구해내지 않았다면 나도 개들의 세상에서 저와 같았을 것
이다. 누군가에게 팔려가지 못했다면 끔찍한 보신탕집에

혹은 안락사를 당하였을 것이다. 어쩌면 안락사가 더 나을 수도 있었을 것이다. 생존의 고단함과 무력감, 사랑을 꿈꿀 수 없는 공허함이란 죽음 같은 것이기 때문이다. 대주님과 함께 길을 가면서도 나는 무서운 공포를 느꼈다. 나는 그동안 사람의 사랑과 관심을 듬뿍 받으면서 내가 사람인 줄 착각하며 살고 있었다. 만약 내가 대주님과 함께 살게 되지 못했다면 아라 소녀에게 구해지지 않았다면 내게 생명이라는 아름다움이, 귀함이 존재할 수 있었을까? 장군봉 산신령님이라는 도사 같은 대주님을 따라다니다 보니 나도 이제는 도사가 다 된 듯, 개의 삶과 사람의 삶이라는 문제에 대하여 생각하느라 주변을 살펴볼 수가 없었다.

광견병과 심장사상충 예방주사를 맞으러 병원에 들어섰다. 알록달록 아름다운 옷들과 완구들과 맛난 간식들이 가득했다. 향수와 털을 부풀리는 미용용품, 염색약과 운동기구들도 보였다.

"어서 오셔요, 아기가 몇 살이지요? 몇 회차 예방접종이신가요? 호적은 등록이 되어있지요? 여자앤가요? 아기가 정말 예쁘네요! 이름이 어떻게 되시나요?"

"아리, 아리라고 해요. '크다'라는 뜻의 순우리말요. 아버지가 애를 사랑하는 것이 나보다 더 큰 것 같아요. 처음에는 당장 내보내라고 하시더니."

나를 구해준 아라 소녀가 말했다.

"목욕부터 시키고 주사 맞는 것이 좋겠어요. 그래야 아기가 깨끗하게 쉴 수 있지 않겠어요? 미용은 어떻게 해드릴까요? 손발톱 깎고 귀 청소하고 털 윤기 부풀리기 옵션으로 추가하시면 됩니다. 털이 너무 멋진데 염색은 안 하시나요? 아기 진짜 미인이다. 호호."

말 끝나기가 무섭게 대주님이 말했다.

"다 필요 없어요. 그리고 애가 내 눈에는 아무리 봐도 개새끼인데 선생님은 사람으로 보이나 봐요? 분명히 합시다. 애는 개고 나는 사람이고 아라 아버지지, 개새끼 아리의 아비가 아니란 말입니다. 그리고 암컷! 개는 개의 호칭으로 불러주세요!"

"어머머, 아예, 예. 그런데 아기가 너무 예뻐서 호호호……."

나는 이곳에서 완전한 사람대접을 받았다. 그것도 공주 같은……. 사람들은 애견이라는 이름으로 우리들을 들들볶아대며 사람에 맞게 훈련을 시킨다. 온갖 장식을 하고 우리의 생존 도구인 손발톱을 깎고 수염을 자르고 윤기 나라고 털에 린스를 쓰고 향수를 뿌린다. 우리의 코는 너무도 예민해서 참을 수 없는 고통을 느끼는 데도 예쁘다면서 부모에게도 안 하는 온갖 호강을 시켜준다. 그리고 한마디 덧붙인다.

"얘네들은 배반을 안 하잖아요. 사랑을 주면 끝까지 주인을 안다고요."

정말 그럴까? 개는 정말 배반을 안 할까? 사람은 정말로 믿을 만한 것이 못 되는가?

저녁에 바람이 서늘하게 불자 대주님이 나를 데리고 산에 올랐다. 발바닥이 불편한 대주님은 나를 품에 안고 호젓이 벤치에 앉아 멋지게 휘파람을 불으셨다. 나는 너무 행복해서 대주님 품에 코를 콕 박고 어쩔 줄을 모른다. 이대로 죽어도 좋을 것 같이 행복해서 눈물이 찔끔 나왔다. 맑은 바람결에 '워러러러러, 뎌뎌뎌뎌' 방언 기도 소리가 노래처럼 화음을 이루고 있었다. 이렇게 구속당하지 않는 삶을 사는 나에게도 한 가지 두려움이 있다. 나는 소리에 꽤 민감한 편인데 사람들이 타고 다니는 자동차나 오토바이 소리를 들으면 정신을 차릴 수가 없다. 그런 것들은 엄마와 형제들과 나를 갈라놓았고 내 사랑 대주님을 어디론가 끌고 가버리곤 했기 때문이다. 바람이 세게 불기 시작했다. 갑자기 하늘에서 마른번개가 쳤다. 천지를 뒤흔드는 굉음과 번쩍이는 빛이 순간적으로 내 정신을 빼앗아갔다. 예쁜 아줌마가 주던 맛난 갈비도, 날 쫓아다니는 멋진 레트리버 수컷과 짝짓기하고 싶던 생각도 전혀 나지 않았다. 유기견수용소와 불안했던 첫날밤이 떠오르면서 오토바이와 거리의 수많은 차 소리가 천둥소리와 함께 온몸을 두들겨 패는 것만 같았다. 어디가 어딘지도 모르겠고 내가 그렇게도 사랑한다고 죽어도 좋다고 생각하던 대주님 생각조차 나지 않았다. 죽음에 대한 공포가 밀려와 오직 살고 싶다는 생각만이 나를 지배했다. 대주님 품속에서도 나 자신 외에는 그 누구도 나를 지켜줄 수 없다는 절박함을 떨쳐내지 못했다. 온 힘을 다하여 달렸다. 나도 모르게 내 냄새가 배어있는 집 울타리를 만나자 겨우 정신을 차렸다. 대주님이 왜 매일 예쁜 아줌마들을 모른 척하며 기를 쓰고 뛰었는지 그 심정을 조금은 알 것 같았다. 그리고 할아버지들이 하던 말이 생각났다. "얘네들은 사랑을 주면 배반을 안 하잖아요."

얼마나 지났을까? 어디선가 휘파람 소리가 들렸다. 대주님이 나를 부르는 신호이다. 나는 꼬리를 안으로 말고 목을 축 늘어뜨린 채 나도 모르게 그 휘파람 소리를 따라

갔다.

"이놈의 개새끼가 무서우면 주인 품으로 파고들 것이지, 저 혼자 살겠다고 줄행랑을 쳐! 널 찾느라고 장군봉을 얼마나 돌았는지 알기나 해? 이놈의 배신자 같으니라고!"

"월월(저는 배신자가 아니고 배신 견이어요)!"

"하긴 의리를 배반하는 데야, 너나 나나 다를 게 뭐 있겠냐?"

나는 개새끼 자존심인 의리와 주인에 대한 복종을 배반한 것 같아 부끄럽고 대주님이 나를 버릴까 봐 몹시 불안했다. 그런데 대주님은 말만 그렇지, 배신이라는 생각은 조금도 안 하시는 것 같았다. 머리통 한 대 쥐어박히는 것으로 나에 대한 사랑을 확인시켜 주셨다.

'오! 내 사랑, 내 생명의 주인!

첫눈이 내리자 대주님과 장군봉에 올랐다. 예쁜 아줌마들의 목소리도 내가 흘린 북어포 껍데기도 흰 눈에 덮여 찾아볼 수 없었다. 우리는 맑게 빛나는 은빛 설원에서 한 생명, 한 덩어리가 되어 사랑을 나누었다. 산신령님과 백사자 선계(仙界)를 오르내리며 펄럭펄럭 한바탕 신나게 춤을 추었다.

금
호
에

뜬

달

'슥 스윽 쓱' 허연 지방을 발라낸다. 근막을 따라가던 칼이 뼈와 뼈 사이의 틈새로 파고든다. 오늘도 대형 냉동고에 저장된 커다랗게 잘린 소의 몸통들이 날렵하고 예리한 그의 손길을 기다린다. 생명이 떠나간 소의 몸통들은 이미 연민 따위를 불러일으키지 않는다. 떼어내도 또 드러나는 꾸덕꾸덕한 지방 덩어리들만이 붉은 살점을 물고 '나 잡아 봐라' 하듯 포정(庖丁)의 손길을 희롱한다. 한때 3, 4년 무역이니 장사니 하며 외도했던 때를 빼고도 40년이 넘도록 손에 쥔 칼을 놓아본 적이 없는 그는 오늘따라 유난히 처음 칼 잡던 때가 떠올라 마음이 심란하다.

庖丁(포정)이 釋刀(석도)하고 對曰(대왈)

臣之所好者(신지소호자) 道也(도야)니 進乎技矣(진호기의)
니이다.

始臣之解牛之時(시신지해우지시)에 所見(소견)이 無非全牛
者(무비전우자)러니

三年之後(삼년지후)엔 未嘗見全牛也(미상견전우야)니이다.

포정이 칼을 놓고 대답하여 말하기를

제가 좋아하는 바는 도이니, 기술보다 우월한 것입니다.

처음에 제가 소를 해부하던 때는 보이는 바가 소의 전체
모습이 아닌 것이 없었습니다.

삼 년이 지난 후에는 소의 전체 모습을 보지 못했습니다.

군대를 막 제대하고 아버지에게 소 새김 기술을 배우게
되던 날 처음 들었던 말이다. 아버지는 어떤 마음으로 칼을
쥐느냐에 따라 사람을 살리기도 죽이기도 하는 것이니, 칼
을 손에 쥐는 순간 모든 잡념을 버리라 말씀하셨다. 당시
로서는 드물게 대학까지 나오신 아버지가 소 잡는 일을 하
시기까지 겪었던 무너진 꿈과 고뇌를 어쩌면 장자를 통하

여 위안을 얻고자 했을지도 모른다는 생각이 든다. 그런데 빨간 책 외에는 별 관심도 없던 그가 장자를 운운하며 자식에게까지 소 잡는 일을 대물림하게 될 줄은 꿈에도 생각하지 못한 일이다.

성진은 착잡한 마음에 초등학교 동창 봉주 생각이 났다. 생활이 어려워 초등학교 밖에 나오지 못한 봉주는 50년이 넘도록 자신이 나고 자란 금호동에서 구두며 가방 같은 가죽 만지는 일을 하고 있다. 성진은 고기의 안을 새기고 봉주는 거죽을 새기는 일을 했다. 성진은 봉주를 만나러 가면서 서글픈 현실과 피 끓던 젊음의 시간을 회상한다. 환갑을 훌쩍 넘긴 지금 손에 쥔 칼을 놓으려는데 자꾸 눈앞이 흐려진다. 자신이 처음 칼을 잡던 때와는 너무도 다른 세상이 되었지만, 성진은 도무지 자식 놈들을 이해할 수도 없거니와 괘씸하기 짝이 없다.

성진이 운영하는 신선농장 한우는 이제는 전국 유명 맛집으로 소문이나 지방에서 올라오는 손님들도 꽤 많다. 코로나 상황에서도 그는 톡톡히 재미를 보았다. 재물이 늘자 자식들의 욕심도 따라서 늘어났다. 아비가 일군 재산을 더 가지겠다고 탐을 내며 모두 제 것인 양 소득 분배에 투

쟁을 벌이기 일쑤였다. 주먹질 싸움도 모자라 급기야 칼을 쥐고 흔들며 싸우기까지 하여 경찰서 신세를 지기도 했다. 일찌감치 유산상속을 해 달라고 하자 성진은 죽는 날까지 자식에게 자신의 재산을 물려주지 말아야겠다고 뼛속 깊이 새겼다. 제 힘껏 먹고살라고 직접 노동을 해야 하는 식육점 하나는 넘겨주겠으나, 그 외에는 빌딩도 땅도 집도 유독 탐내는 배 한 척도 절대로 물려주지 않으리라 꼭꼭 다짐했다. 그렇게 하지 않으면 자식들이 그나마 사람답게 살 수 없을 것 같았다.

처음부터 백정 일을 타고난 사람은 없겠지만 인물 좋고 힘깨나 쓸 줄 아는 성진은 어려서부터 남다르게 씩씩하고 몸이 날랬다. 공부에는 아예 관심이 없었지만, 몸 쓰는 일은 마다하지 않고 덤벼들곤 했다. 산이고 들이고 나돌아다니며 닭을 잡거나 토끼를 죽여 껍질을 벗기는 정도의 일쯤은 서슴없이 해치우곤 했다. 열댓 살부터는 어른들을 따라다니며 공사장에서 벽돌을 나르거나 등짐을 지기도 했다. 어린놈이 장정 한몫을 톡톡히 해낸다며 일당이라도 챙겨주는 날에는 스스로 어깨가 으쓱하여 동생들에게 얼마쯤 용돈도 쥐여주고 먹어보기 힘든 제과점 도넛이라도 사 안고 들어가는 인정 많은 오빠였다.

일찍부터 돈맛을 알게 된 성진은 하루빨리 돈을 벌어 부자가 되고 싶었다. 그렇지만 학식깨나 있는 아버지는 빌어먹는 한이 있어도 고등학교까지는 공부해야 한다며 학업에 충실해지길 요구하였다. 다행히 공부 좀 하는 맏아들이 그나마 집안의 희망이었다. 이리 둘러보고 저리 둘러보아도 자기까지 맘 잡고 공부하겠다고 매달릴 상황이 아니었다. 나 하나 희생하면 세 동생 장래를 도와 줄 수도 있을 것 같았다. 하기 싫은 공부이니 희생이랄 것도 없고, 마음만 먹으면 그까짓 돈은 얼마든지 벌 수 있을 것만 같았다. 얼른 어른이 되어서 독립해야겠다고 생각한 그는 아버지 말씀대로 고등학교까지는 마치기로 작정하고 공사장 날품보조일 대신 조간신문을 돌리기 시작했다.

중학교 마지막 겨울방학 때 용돈 좀 벌어보자며 중학교 동창인 치원과 동대문 운동장에 번데기 장사를 나간 적이 있었다. "쪼끄만 돌멩이들이 어딜 와서 기웃거리냐!"으르는 덩치 큰 깡패들에게 흠씬 얻어터지고 엎어진 번데기 솥과 부서진 구르마를 끌고 돌아왔던 일이 떠오른 성진은 첫 달 월급 4,000원을 받자 제일 먼저 태권도장 무덕관에 등록하였다. 새벽에 신문을 돌리고 수업을 마친 후 태권도장에 가서 뻗치는 갈증이 가라앉을 때까지 뼈가 부서지라 운동을 해댔다. 새벽 꿀잠을 떨쳐내기가 몹시 힘들었지만 그렇게 삼 년을 지내다 보니 별 사고 없이 고등학교를 마칠 수 있었고 바로 해군에 입대하였다.

제대한 후 집에 돌아와 보니 집안 살림은 고만고만했지만, 두 동생을 대학에 보내야 할 형편이어서 별반 나아진 것이 없었다. 성진은 제대만 하면 뭐든 할 수 있다고 큰소리치던 마음과는 달리 제대로 된 기술 하나 없어 안정된 직장을 구하기가 몹시 힘들었다. 이리 기웃 저리 기웃하는 성진을 보며 성진의 기질을 너무도 잘 아는 아버지는 성진이 딴생각할 여지도 없이 선을 보게 하고는 서둘러 결혼을 시켜 버렸다. 버젓한 직장도 없이 장가부터 들었는데 쇠라도 녹일 듯한 젊음은 바로 첫 아이를 잉태시켰다. 순식간에 가장이 되어버린 성진은 마땅한 직장도 없는 터에 아버지 말씀을 거역할 입장이 못 되었다. 어설프게 칼을 쥔 채 아버지 말씀을 따르는 것 외에는 별도리가 없었다.

"내가 이 칼을 처음 잡았을 때 나는 칼로 나의 모든 것을 잘라내고 싶었지. 내가 꿈꾸던 이상도 이 육신도 다 끊어내고 싶었단 말이야. 그런데 두려움에 떨며 칼자루를 집어 드는 순간, 예리한 칼날에 너희들의 눈빛이 비치는 것만 같더구나. '당신의 삶은 당신 한 사람만의 것이 아니다'라며 거세게 항변하는 네 엄마의 목소리도 들리는 것 같고……. 그 후로 나는 칼을 잡을 때마다 그토록 피하고 싶었던 현실과 찍어 누르는 듯 힘겹던 가장의 책임감과 앞날에 대한 기대나 절망에 대해서도 생각하지 않기로 다짐하였지. 그때부터 나는 내가 아니기로 스스로 약속을 했다. 그약속을 지켜내는 일은 현실을, 이 순간을 직시하며 칼날과하나 되는 길뿐이었지. 그 칼날이 잘 먹이고 입혀주진 못하였어도, 가족을 돌보는 가장의 책임을 할 수 있게 해 주었고 떠돌던 내 마음을 붙들어주었지. 칼을 쥘 땐 잠시라도 마음과 정신을 놓지 말아라. 마음과 정신을 놓치는 날에는 영락없이 몸도 다치고 삶도 함께 망가진다는 것을 명심해야 할 것이야. 칼은 삶을 마칠 때 내려놓는 것이다. 알겠냐?"

"예."

그러나 어려서부터 아버지의 생활을 너무도 잘 보아온 성진은 도인처럼 말씀하시는 아버지의 태도가 영 마음에 들지 않았다. 예전과 많이 달라지신 것은 사실이나 성진이 기억하는 아버지 모습은 별반 아름답지 못하였기 때문이다. 가장의 경제적 책임감도, 어머니에 대한 애정도 별반 없으셨다. 무언가 늘 못마땅한 표정으로 폭음을 하거나 며칠씩 집을 비우기 일쑤였고 그러고 나면 영락없이 젊은 여인이 주변을 맴돌곤 했다. 가끔 무언가 종이에 끼적거리다가 찢거나 꾸겨버리곤 하기도 했다. 뚝심 있게 직장생활 하는 것과는 거리가 멀었다. 그럴 때마다 성진은 어머니를 따라 난전에 앉아 배추 같은 푸성귀들을 팔기도 하며 살림을 보탰다. 아내와 자식들에게 폭력을 행사하거나 가정을 버리지 않았다는 것이 그나마 다행이었다. 소 잡는 일을 하시면서부터 조금씩 아버지도 집안도 안정되기 시작하였지만 그리 넉넉한 편은 아니었다. 그런 자랑스럽지 못한, 철학자도 도인도 아닌 아버지가 새삼 '장자'의 한 구절까지 들먹여가며 한 통수 깨달음 얻은 스님이 상좌에게 수계식 하듯 칼자루를 넘기는 이 상황이 성진은 영 마뜩잖았다.

'에이, 얼른 좋은 일을 찾자. 그때까지만 하자.'

성진은 침을 꿀꺽 삼키고 칼자루를 고쳐 쥐었다.

새벽부터 아버지와 함께 마장동 축산시장으로 간다. 흥건한 뻘건 핏물과 피비린내에 절은 시멘트 바닥에 발을 딛는 순간 울부짖던 소의 비명처럼 솟구치는 생존에 대한 저항의 소리를 듣는다. 고무장화를 신고 발목까지 오는 하얀 비닐 앞치마를 걸치면 경매가 끝난 분리된 고깃덩어리들을 옮겨온다. 쇠갈고리에 걸어 냉동고에 걸어두거나 새김판 앞에 놓는다. "칼을 쥘 땐 잠시라도 마음과 정신을 놓지 말아라. 마음과 정신을 놓치는 날에는 영락없이 몸도 다치고 삶도 함께 망가진다."라는 아버지의 말씀 하나는 분명 진리였다. 칼은 언제나 예리하게 성진을 노려보고 있었다.

물러설 수 없는 현실 앞에서 성진은 분노도 저항도 하여 보았으나 뾰족한 수가 없었다. 3년이 넘도록 새벽 신문 돌리며 피오줌 싸면서 버텼던 태권도 수련을 떠올리며 이를 악물고 버텼다. 처음에는 죽지 못해 시작한 일이었지만 조금씩 유통구조의 틈새가 보이고 아버지의 경영방식도 좀 진부하다고 느끼기 시작했다. 남들이 꺼리는 이 일이 성진에게는 한탕 거하게 돈을 벌어줄 것만 같은 기대가 슬며시 생겨났다.

'새로운 일을 찾는 것보다 이 식육 분야를 파고드는 것이 훨씬 빨리 성공할 것이다.'라는 확신이 들자 일찍부터 돈벌이에 관심이 많았던 성진은 차츰 생각이 바뀌기 시작했다. 도축에서부터 소비자의 식탁으로 이어지는 유통의 전 과정을 자기 방식대로 설계하고 싶었다. 지금은 도매상 납품을 주로 하고 있지만, 근사한 자신의 매장을 갖고 멋진 전문음식점까지 갖춘 사장님이 되어야겠다고 생각한 성진은 진짜 도부(刀夫)가 되기로 작정했다. 그러기 위해서는 제일 먼저 최고의 정형사가 되어야 했다. 온 마음과 정신을 칼에 집중했다. 오랜 경력의 정형사들의 기술들을 눈썰미 있게 익혔다. 힘 좋고 감각이 뛰어난 성진은 오래지 않아 업주들이 부러워하는 뛰어난 발골정형사가 되었다. 유통의 틈새와 소비자들의 심리도 유심히 관찰했다. 입심 좋고 부지런한 성진의 사업 수완은 매출 증가로 이어졌고 쏠쏠 돈 버는 재미가 붙기 시작했다.

나날이 성실하게 변해가는 아들을 보며 흡족해진 아버지는 성진이 원하던 대로 과천 인근 신흥 아파트 단지 상가에 작은 정육점을 차리도록 허락하셨다. 마장동에서 일을 시작한 지 2년이 채 안 되었을 때였다.

돈에 대한 성진의 촉은 예리하고 정확했다. 주변의 시장 정세를 파악한 후 '남보다 좀 더 일하고 좀 덜 벌고 그 대신 더 많이 팔자' 원칙을 세운 성진은 여전히 꼭두새벽에 일어나 직접 경매를 받아 싱싱한 한우를 가져온다. 그리곤 손님들이 보는 앞에서 30cm가 넘는 칼과 한 뼘도 안 되는 칼을 번갈아 가며 100kg도 더 되는 반 마리 소를 털끝 하나 다치지 않고 각을 뜨며 물 흐르듯 새김질한다. 살 속에 파묻혀 보이지도 않는 뼈를 요리조리 길을 찾아 살점 하나 없이 발가벗기며 제 부위를 딱 찾아 정확히 소분하는 모습은 가히 예술의 경지였다. 저울을 확인한 후 불그레하게 살점이 붙은 기름 덩어리라도 한 줌 더 얹어주는 여유를 보인다. 눈금이 곧 돈임을 소비자는 잘 안다. 석 달도 못 되어 성진의 가게는 손님으로 장사진을 이루었다. 화장실 갈 틈조차 쉽지 않았다. 아내와 부모님 모두 들러붙어 일을 도왔다. 밤이면 지폐를 세느라 정신이 없었다.

그렇게 돈 아쉬울 것 없이 오 년여의 시간이 흘렀다. 밤낮으로 돈벌이에만 눈이 빨개서 살다 보니 아무리 젊은 몸이라 해도 누적된 피로에 정말로 눈이 빨개지기 시작했다. 거울을 보던 성진은 상록수같이 푸르던 자신의 이십 대가 시뻘건 소 피와 끈적한 기름 덩어리로 바꿔치기 당한 것만 같이 느껴졌다. 이미 피부 깊숙이 자리한 이 누린내가 성진에게는 부를 가져다준 화수분이 되었지만, 누군가에게는 성진이야말로 부럽기 짝이 없는 돈 냄새 나는 향로 같은 사람으로 생각되었다. 성진은 칼을 내려놓고 쉬고 싶었다.

해도 바뀌어 춘삼월 삼짇날이었다. 상큼한 봄바람은 저 멀리 남쪽 성진의 고향 소안도 앞바다에서부터 불어왔다. 어려서부터 발가벗고 함께 물놀이하던 불알친구 '지갑'에게서 연락이 왔다.

"정말 오랜만이다. 잘 지냈냐? 부모님은 모두 평안하시고?"

"야, 반갑다. 얼마 만이냐? 돈독이 올라서 고향 동창들 모임에도 못 나온다던데 날 만나러 다 나와주고 영광일세."

"소주 한잔하면서 회포나 풀자, 어?"

"좋지."

그렇게 시작된 만남은 굳게 닫혀 있던 성진의 금고와 절제의 빗장을 풀게 했다. 지갑은 전문대학을 마치고부터 오퍼상인가 하는 개인사업을 하고 있었다. 요즘 잘나가는 사업 아이템이 있어서 중동을 다녀왔다가 성진이 생각나서 연락한 것이라고 했다. 돈과 시간과의 싸움 외에는 세상사에 눈 돌릴 겨를조차 없었던 성진은 그러잖아도 세상 돌아가는 일도 궁금하고 가슴도 갑갑하던 터에 지갑의 연락을 받자 그렇게 반가울 수가 없었다. 양복을 말끔하게 차려입은 지갑을 보는 순간 성진은 소 피 묻은 비닐 앞치마와 뻘건 면장갑에 칼을 쥐고 서 있는 자신의 모습이 떠올랐다. 유치원 다니는 큰아들놈이 초등학교 입학할 때쯤에는 푸줏간 포주가 아닌, 그럴듯한 회사 이름 아래 대표 '공성진'이라는 이름이 새겨진 번듯한 명함을 내밀고 싶었던 성진은 지갑을 보는 순간 명치끝에서부터 치오르는 오기 같은, 꿈틀거리는 그 무엇을 느꼈다. 술이 몇 순배 돌아가자 지갑이 말했다.

"야, 공 사장. 요즘 강남에서 끝내주게 인기 있는 품목이 하나 있는데, 그게 중동에서 들어오거든? 이번에 내가 그 사업을 좀 하고 싶어. 사업 확장이 필요해서 단도직입적으로 말하는데 너와 함께하고 싶다. 내가 영업력은 있지만, 아직 영세오퍼상이다 보니 자금이 좀 달린다. 같이 투자하자."

지갑은 오랜 친구답게 군더더기 없이 돈이 필요하다고 시원스레 말하였다. 성진은 '공 사장'이라는 말을 듣는 순간 갑자기 서글픈 생각이 들었다. 칠 년이 넘도록 소와 씨름하며 싸우며 지낸 삶이 정말 거친 공사판보다 더하면 더했지 덜하지 않다 느껴졌다. 아니, 언제나 칼을 쥐고 싸웠으니 로마 시대 검투사들의 싸움장 같은 삶이 아니었나 하는 생각도 들었다. 부모님과 함께 살며 일에 치여 살다 보니 아이와 함께 놀이동산 한 번 못 가보고 아내와의 오붓한 외출은 꿈도 꾸지 못했다. 한 달에 두 번 쉬는 날에는 온종일 죽은 듯이 잠만 잤다. 그렇게 잘살게 될 날을 꿈꾸며 일해 온 지금, 아내는 아내대로 지쳐 성진에게 그리 살갑게 대하지 않는다. 성진은 맑은 유리창 너머에서 말끔한 차림으로 펜대 굴리는 사무원을 보면서 검은 가죽 회전의자에 앉아 폼 나게 사장님 명패를 쓰다듬어 보는 자신을 상상해 본다.

집에 돌아와 정육점을 팔겠다고 했다. 그러지 않아도 부동산에서 두어 차례 다녀간 터였다. 한두 해도 아니고 오년이 넘도록 대박을 터트리는 집이니 명당 중의 명당이라며 탐을 냈다. 성진은 '명당은 무슨 얼어 죽을 명당 죽을 똥 싸면서 일군 게 누군데. 그래, 상종가 칠 때 팔자.' 결정을 내린 성진은 추진력 있게 밀어붙였다.

지갑과 무역사업을 하겠노라 말씀드리자 아버지가 기함하셨다. 겨우 진정하고 말씀하셨다.

"아무리 믿을 만하다 하여도 동업하지 마라. 친구 잃고 돈 잃고 마음마저 큰 상처를 받는다. 그냥 여윳돈 좀 빌려

주고 떼었다고 생각해라. 송충이는 솔잎을 먹어야 하고 그래도 배운 게 도둑질이라 했다. 잠시 쉬었다 다시 하도록 해라."

구구절절이 옳은 말씀이기는 하였으나 성진은 따르고 싶지 않았다. 성진은 생각했다. '내가 송충이라면 소들은 솔잎일 터' 더는 굼실굼실 솔잎을 쏠고 싶지 않았다. 고기도 먹고 싶고 콧바람도 좀 쐬고 싶었다. 그렇게 시작된 동업은 성진에게 정말로 신세계를 보여주었다. 비행기를 타고 사막을 날거나 홍콩을 갔다 오기도 했다. 수입 품목은 그때그때 달랐다. 지갑은 산뜻하게 돈 될 만한 것을 잽싸게 낚아 한탕 치고 빠질 줄 아는 것이야말로 사업가의 필요충분조건이며 능력이라고 누누이 강조했다. 그러기 위해서 이 정도 시장조사는 얼마든지 해 볼 수 있는 가치 있는 일이라 했다. 지갑에게 말은 하지 않았지만, 성진은 돈에 큰 목적을 두고 있지는 않았다. 하물며 구멍가게를 하더라도 시장을 읽을 줄 알아야 하거늘 식육에 관한 것 빼고는 아는 것이 전무한 상태인 성진은 이참에 세상 배운다 생각하고 눈 질끈 감기로 했다. '모험도 젊을 때 하지 언제 하겠나……'

룸살롱이라는 곳도 가보았다. 잘생기고 돈 많은 젊은 사장님은 그야말로 인기 짱, 봉이었다. 두 아들을 낳은 아내도 아직 이십 대다. 그렇지만 일에 찌든 아내와 이곳 아가씨들은 근본이 달라 보였다. 술집 여인들이기는 하였으나 달콤하고 고운 향기가 났다. 성진은 봄바람에 온몸이 깃털처럼 가벼워지는 듯 감미로움에 세상이 달라 보였다. 원하던 대로 책상 위에는 검은 옻칠에 용이 새겨진 자개 명판도 떡하니 놓였다. 다달이 모든 경비가 성진의 통장에서 빠져나갔지만, 전혀 신경 쓰지 않았다. 그래도 명색이 무역회사라는데 어디 고깃근 잘라 팔듯 현금박치기가 가당키나 한일인가? 수표니, 어음이니 몇 번 오가고 지갑이 내미는 은행 융자 서류에 호기 좋게 도장도 찍었다. 어느 정도 자신의 재력을 믿고 있었고 이제부터 진짜 돈 들어올 일만 남았다고 목에 힘을 주며 호기롭게 말하는 지갑이 믿음직스럽기도 했다. 지갑이 사우디아라비아에서 가져온 여성용 산업용품으로 납품하겠다고 하던 상품이 낙타 눈썹이라는 것도, 그리고 그것이 음성적으로 유통되는 성인용품 도구로 쓰인다는 것을 알게 된 것도 그때였다.

'개처럼 벌어서 정승같이 쓰랬다고⋯⋯.

아무리 백정이 싫어서 다른 일을 찾았기로서니⋯⋯.'

아버지는 어릴 적부터 두 아들을 앉혀놓고 공자(孔子)의 자손임을 강조했다. 사람이 사람다우려면 사람답게 행동해야 하며 아무리 천한 일을 할지라도 사람의 근본을 잊어서는 안 된다고, 배움은 가방끈에만 있는 것이 아니라 그 사람의 본성에 있다고 늘 말씀하셨다. 귀에 못이 박히도록 들어온 말씀이 처음으로 떠올랐다. 성진은 아무리 생각해보아도 아들에게 아버지가 보여줄 수 있는 자랑스러운 사업이 아니라는 생각이 들었다. 성진이 스스로 일을 그만두겠다고 하자 다 된 밥에 왜 재를 뿌리려고 하느냐며 오히려 지갑이 화를 냈다. 은행 융자는 조만간 돈이 들어오는 대로 나누어 갚겠다고 하였으나 두어 번 송금하더니 그대로 조용히 소식이 끊어져 버렸다. 지갑과 함께하고서 얻은 것이라곤 큰아들 초등학교 입학식에서 멋지게 양복 입고 사장님 행세 한 번 해본 것뿐이었다. 성진이 지갑의 유혹에 빠진 지 꼭 일 년 만이었다.

관성의 법칙이나 가속도의 법칙이 물리적 현상계에만 존재하는 것은 아니었다. 인간의 욕망이라는 측면에서도 절대적으로 적용되고 있었다. 성진은 자신이 추락하고 있음을 직감했다. 그러나 멈출 수가 없었다. 스스로 하심하고 돌아 앉아 보려고 애를 써 보아도 끓어오르는 분노를 삭일 수가 없었다. 지갑에 대한 원망보다 소뼈를 자르는 기계 톱날같이 살았던 날들이 너무 싫었다. 아내와 부모님의 경제적 불신까지 겹쳐서 속내를 말할 수 있는 이도 없었다. 이미 맛을 봐 버린 금단의 열매가 생각나듯 자꾸만 강남에서의 화려한 기억들만 머리에서 맴돌았다.

성진은 새로운 사업을 구상하였다. 그리고 곧 행동으로 옮겼다. 멋진 음악이 흐르는 대형 고급음식점을 집에서 그리 멀지 않은 곳에 개업하였다. 화려하게 오픈 한 지 얼마되지 않아 스탈린처럼 콧수염을 기른 '코털'로 불리는 오부리밴드* 마스터와 그 멤버들이 시도 때도 없이 집에 드나들며 주객이 전도된 듯 감 놔라 배 놔라 하며 사업 운영에 개입하기 시작했다. 어정쩡한 끄나풀들이 모여들며 수시로 폭력 사건이 발생했다. 구린내로 변한 돈 냄새를 맡고 구더기들이 몰려들기 시작했다. 계속되는 지출을 보다 못한 아내의 경제권 간섭이 심해지면서 부부갈등이 극에 달했다. 고

---

* 즉흥연주, 오블리가토(obbligato)

생은 고생대로 하고 좋은 소리 한 번 못 듣는 아내는 심각한 과로와 스트레스로 병을 얻었다. 직원들의 말썽이 잦고 잦은 사고로 경찰이 오가기 일쑤이다 보니 영업을 하는 날보다 문 닫는 날이 많아졌다.

결국 애초의 계약을 모두 파기하고 영업장 문을 닫는 것으로 끝이 났다. 그러나 성진은 자신도 모르는 화수분 하나를 늘 지니고 살았다. 지금의 처지야 욕망에 의한 파멸임이 분명하지만 일을 두려워하지 않는 뚝심과 단순함, 쉬지 않고 몸을 움직이는 부지런함이 바로 그가 가진 보물이었다. 한낮 꿈처럼 변해버린 현실이지만 돈이 바닥 난 상황에서도 처자식을 먹여 살려야 하는 그는 홧김에 술을 퍼먹는 대신 인력시장에 날품을 팔러 나섰다. 그러나 하루 이틀 노가다 일을 한다고 쉽게 해결될 상황이 아니었다. 낡은 트럭을 하나 사서는 아파트 단지를 돌며 산지에서 구한 마늘이나 과일을 팔거나 폐계를 사다 탄광촌에 가서 팔기도 하는 등 뜨내기 상인 노릇도 하였다.

급성 신부전증으로 시작된 아내의 병세는 급속도로 악화하여 투석하기 시작했는데 급기야 중환자실에서 인공호흡기를 달고 살게 되었다. 그나마 조금 남아있던 돈은 이제 병원으로 빠져나갔다. 남은 것이라고는 부모님 두 분이 지

낼 수 있는 작은 아파트 한 채뿐이었다. 물러설 곳이 없는 성진은 사업이랍시고 하면서 알게 된 지인들을 찾아다녔다.

어찌어찌하여 과천 근처에 있는 야산을 낀 녹지대를 무상 임대할 수 있게 되었다. 성진은 돈이 될 만한 과실수들을 심고 텃밭을 일구며 양이나 흑염소 닭과 오리 특히 개를 기르기 시작했다. 대형마트에서 유통기간이 지나 폐기되는 식료품을 수거하고 그중 짭짤한 것은 먹기도 하였다. 식당이나 음식점을 돌아다니며 잔반을 수거하여 동물 사료로 충당했다. 나무를 베어 원두막을 짓고 평상을 짜고 비닐하우스를 지었다. 그리고 사육하는 동물들을 직접 잡고 요리를 하기 시작했다. 그동안 받아두었던 명함들을 찾아 일일이 사무실에 영업을 위해 인사를 다녔다. 멋지고 돈 많던 젊은 사장이 졸지에 후줄근해진 모습으로 나타난 성진을 보며 사람들은 예전에 그가 그랬듯이 여유와 연민을 뿌리며 직원들을 몰고 와 회식을 하기 시작했다. 특히나 잔반을 먹여 키웠다는 황구요리는 별미였다. 간판 없는 농장은 예약 손님으로 넘쳐나기 시작했다.

겨우 밥술이라도 먹게 될 만하니 아내가 세상을 떠났다. 성진은 슬프다기보다는 오히려 잘되었다는 생각이 들 정도였다. 자기 같은 놈을 만나 실컷 돈만 만지고 자신에게는 정작 한 푼도 써보지 못한 아내에게 미안한 마음이 들기는 하였으나 애정의 기억이 별로 없다. 나날이 죽어가는 모습을 보는 것도 고문이었고 끝없이 들어가는 병원비도 무시할 수 없는 형편이었다.

그런데 이상한 것은 이토록 무섭게 일을 하는데도 성진은 한 번도 병이 나지 않았다. 심하게 진창에 굴러본 그는 오로지 생존만을 생각했다. 두 아들이 어떻게 자라는지 학교생활은 어떤지 생각할 여지가 없었다. 어린 시절 태권도장에서 보호 장구 없이 대련할 때 늘 듣던 '사느냐 죽느냐' 그 말만 붙들고 매달렸다. 도장 벽면에 그려진 까만 한 점이 큰 빛으로 보일 때까지 꼼짝하지 않고 마주 보며 앉아 있던 그때처럼 성진은 무섭게 일에 매달렸다. 성진의 농장은 인기 좋은 황구 똥개부터 불도그, 하이에나를 닮은 핏불테리어까지 다양했고 성진은 매일 개를 잡았다. 개의 눈을 뚫어지게 바라본 후, 순식간에 통신용 삐삐선으로 목을 옭아매어 굵직한 나뭇가지에 매단다. 비트적거리던 개가 혀를 쭉 빼물고 축 늘어지면 도치로 털을 그슬리고 정확하게 해체하고 각을 뜬다. 그렇게 성진은 그들이 보는 앞에서 개를 잡고 양을 고았다.

한창 바쁜 어느 여름날이었다. 이제 다섯 살 된 작은 놈이 돌계단에서 굴러 무릎을 심하게 다쳤다. 놀라서 다가서는데

"아이고, 내 도가니! 아부지, 내 도가니! 스지 끊어진 거 같애. 엉엉… 이거 선지가 뚝뚝 떨어지잖아. 무서워. 엉엉…"

하며 눈물 콧물에 흙범벅이 되어 뒹굴고 있었다. 급히 병원 응급실로 옮겼다. 마음이 착잡한 성진은 침대 언저리에 머리를 박고 엎드렸다. 비몽사몽간에 깜빡 잠이 들었다.

넓고 황량한 벌판에 성진은 홀로 서 있었다. 회색빛 안개가 감싸고돌더니 점차 어둠으로 변했다. 꿈속에서도 무척 춥고 외롭다는 생각이 들었다. 어딘가 갈 곳이 있는 것 같긴 한데, 그곳이 어디인지 어떻게 가야 할지 방향을 찾을 수가 없었다. 어둠을 헤쳐 보려고 팔을 휘저으며 사방을 돌아보는데 새빨간 불빛이 하나둘 춤을 추기 시작했다. 점차 무리 진 불빛들이 다가오면서 형체가 드러나기 시작했다. 검은 줄이 죽죽 그어진 하이에나 같은 핏불테리어들이 눈에 불을 켜고 성진에게 달려들고 있었다. 성진은 본능적으로 뒤를 보이지 않았다. 자신의 허리춤을 더듬어 촛대, 망치를 찾았으나 아무것도 없었다. 맨 앞에 달려오는 놈

이 컹컹 짖으며 거칠게 입을 열자 시뻘건 긴 혓바닥이 출렁거리며 성진을 덮쳐왔다. 순간 성진은 전광석화처럼 온 힘을 다해 그놈의 양미간에 정권을 날렸다. 대장 개가 쓰러지자 개들의 무리가 안개처럼 스멀스멀 사라져갔다. 대장 개는 땅바닥에 나동그라졌는데 어떻게 된 일인지 성진의 손에는 손바닥만 한 예리한 새김칼이 쥐어져 있었다. 숨이 끊어지지 않은 개는 붉은 눈알을 굴리며 성진을 쏘아보고 있었다. 성진은 어딘가로 도망치듯 들어갔는데 자신의 정육점 새김판 앞이었다. 새로 들어온 고기가 있어 소분을 하려고 새김을 시작했는데 그것은 바로 성진을 쫓던 그 개였다. 다시 살아나 덤빌 듯이 허연 이를 드러내고 핏대 선 눈으로 성진을 올려다보고 있었다. 성진은 온 힘을 다하고 온 집중을 다 하여 개를 해체하기 시작했다. 갑자기 영혼이 빠져나가듯 공중에 붕 뜬 것 같았다. 이상하게 마음이 슬펐다. 내려다보니, 성진이 지금 가죽을 벗겨내고 내장을 쓸어내리며 각을 뜨고 새김질하고 있는 것은 바로 자기 아들이 아닌가! 성진은 너무도 무섭고 놀라서 괴성을 지르며 병원 바닥에 굴러떨어졌다.

이날 이후로 성진은 한동안 얼빠진 사람처럼 지냈다. 끊임없이 식은땀과 열이 나서 잠을 이룰 수가 없었다. 먹고살기 위해서 때로는 재미로 했었던 그 모든 살생이 진저리 치도록 무서워졌다. 목구멍에서부터 항문에 이르기까지 온몸의 감각 세포들이 모두 제각각 아우성을 치며 성진을 찔러대는 것만 같아 밥을 삼키기도 힘들었다. 성진은 그렇게 몇 날을 죽을 듯이 앓았다.

한바탕 태풍에 장대비가 쏟아졌다. 농장에 널브러져 있던 쓰레기들과 검불들이 저만치 씻겨 내려갔다. 부러질 듯 흔들리는 나무들이 뿌리를 드러내며 대지를 움켜쥐고 용을 쓰며 버티고 있었다. 성진은 얼룩진 벽지를 쓰다듬으며 맥없이 벽에 기대어 앉았다. 세상 모든 만물이 영장이라 불리는 인간을 위해 존재하는 자원 그 이상의 것이 아니라고 생각하며 살아왔던 자신에 대하여 지울 수 없는 죄스러움과 깊은 연민을 느꼈다. 성진은 조용히 하던 일을 멈추었다. 틈이 나면 가까운 산이나 조용한 절을 찾아가 혼자 있곤 했다. 그렇게 겨울이 지나가고 농부가 농기구를 찾아 줄 때쯤, 성진은 칼들을 깨끗이 공들여 갈아놓았다. 그리고 나무를 돌보고 밭을 갈았다.

성진이 터를 닦은 농장이 고속도로 인터체인지가 생기는

곳으로 확정되었다. 적지 않은 보상금을 쥐게 된 성진은 그 돈으로 개천 변의 허름한 건물과 땅을 샀다. 다시 배운 도둑질을 시작했다. '설툭설툭 와르륵' 성진의 고기 써는 소리, 뼈 풀어지는 소리는 점차 삼도천(三途川)을 건네주는 사공의 노 젓는 소리를 닮아갔다.

그렇게 세월이 흘렀다. 성진의 신선농장 한우는 이미 유명 맛집이 되어있었고 시간은 숨겨 놓은 선물을 내밀었다. 이번엔 성진이 옮겨 앉은 자리가 재개발 노른자위가 되어 엄청나게 지가가 상승했다. 성진은 차곡차곡 재산을 불려 갔다. 형님을 비롯하여 동생들, 부모님까지 모두 성진에게 경제적 도움을 받았지만, 성진의 가슴 속 깊은 상처는 아무도 알지 못했다. 그리고 홀로 잠들어야 하는 수많은 밤은 끊임없이 성진의 육체를 볶아대며 이성을 갈구했다. 주위에서는 젊은 홀아비가 어찌 혼자 살겠느냐며 재혼을 권하기도 하였고 가끔 마음이 동하는 여인이 있기도 하였으나 성진은 끝내 둥지를 틀지 못했다. 늘그막에 고향에 내려가 배를 타면서 한가로이 지내고 싶은 것만이 그의 마지막 바람이었다.

그런데 이제 머리가 굵어진 자식 놈들은 성진이 죽으면 누구라도 재물에 욕심을 낼 것이 분명하니 복잡하지 않게 미리 자기들에게 분배해 달라는 것이다. 잘 다니던 직장까지 때려치우고 아버지 가업을 잇겠다며 칼을 쥐더니 돈독이 오르기 시작했다. 재혼만 해도 그랬다. 장가가서 아들까지 둔 큰 놈은 아예 대놓고 '정히 재혼하고 싶으시면 혼인신고는 절대로 하지 마세요. 늙어서 피곤하게 살림 차리실 것도 없어요. 여행도 다니고 맛있는 것도 드시며 부담 없이 편하게 즐기다 가시는 게 최고예요. 그렇게 사세요.' 한다. 다 속셈이 있는 말이라는 것쯤은 너무도 잘 알고 있다. 물론 여자가 싫었던 적은 없었지만 용쓰며 함께 할 여자를 찾을 생각도 별로 없다. 설령 참한 여인을 만난다고 하여도 진실하게 사랑할 자신도 없다. 그래도 아들들에게는 마음과는 달리 '이젠 내 마음에 드는 여자 만나서 내가 다 쓰고 갈 것이니 걱정도 하지 마라.'며 큰소리를 쳤다. 하지만 성진은 자식들의 분쟁을 보면서 인생이 그렇게 허탈할 수가 없었다.

성진은 두 아들에게 신선농장 한우 영업장을 하나씩 떼어주고는 그 이상은 절대로 물려줄 생각이 없으니 그리 알라고 못을 박았다. 성진은 가슴이 쓰렸다. 아들들에게 있어 칼은 생명을 살리는 도구로서가 아니라, 돈에 물들어 형제

지간에 치고받고 싸움질하는 데 쓰이는 물건이 될 것을 생각하니, 어미 없이 자란 자식들이 불쌍하기가 그지없고 자신의 지나온 삶도 엎질러진 물처럼 생각되어 회한의 눈물이 주르륵 흘렀다. 성진은 힘들고 어려운 일이 있을 때면 자기도 모르게 10대의 날들이 떠오르곤 했다. 겨울이면 유난히 사발만 해지는 샛별은 신성한 빛을 뿜으며 무거운 눈꺼풀을 벗겨주었고 성진이 나아가야 할 길을 비춰주는 것만 같았다. 맑았던 지난날의 그리움에 젖어 걷다 보니, 성진은 어느새 금호동 골목길을 지나 로터리 코너에 있는 자그마한 봉주의 작업실에 도착했다.

"어이, 봉쥬르 뽕주. 잘 살아있었냐?"

"어서 와라, 고구마, 반갑다. 못 본 사이 머리칼이 더 빠졌네. 살 상투가 어째 더 커진 것 같다."

"야. 만나자마자 또 그 소리냐? 내가 이 정수리뼈 때문에 군대 있을 때 얼마나 힘들었는지 아냐? 머리통 튀어나온 걸 알고는 원산폭격 얼차려만 세우는데 얼마나 많이 자빠졌는지 아냐? 죽는 줄 알았다. 늙어도 이 육계는 쪼그라들지도 않는단 말이야. 모자를 써도 튀어나와 자꾸 벗겨진다니까."

"그래서 네 별명이 고구마 아니냐? 나라면 배꼽참외라 했을 텐데 으흐흐"

"고구마가 뭐냐? 고구마가. 이젠 부처님 나발이라고 해. 부처님 나발! 허허허"

"하! 멋진 상품이 많네. 맞춤형 구두는 기본이고 숄더백, 정장용 가방, 손지갑에 가죽 모자까지."

"선영 엄마 말이 50년 최고의 가죽 장인이 아직도 중소기업 하청 일하는 것이 너무 속상하다고, 코딱지만 해도 좋으니 우리 가게를 하나 갖자고 해서 작업실 한쪽에 쇼윈도를 꾸몄어."

성진은 울긋불긋 곱게 염색된 가죽 원단들과 장식품들을 보면서 적색, 녹색, 청색의 등급판정 도장이 찍힌 소의 거죽을 떠올린다. 한 몸을 이루는 안과 밖이 너무도 다르다 생각되었다.

'거죽은 얼마든지 변화를 추구할 수가 있구나. 칼의 역할을 다른 도구가 대신 할 수도 있고, 거죽에 제 것이 아닌 다른 물질을 연결하거나 섞을 수도 있고……. 그리고 무엇보다 보기에 아름답다.'

성진은 자신의 손에서 잘려 나간 무수히 많은 살점을 떠올린다. 가공되지 않을수록 가치가 높아지는 정육과 가공

할수록 명품이 되는 거죽을 생각하며 이율배반적인 감정을 느낀다. 그렇지만 아내와 함께 일하는 봉주의 작은 일터는 온화한 기운이 감돌았다. 모처럼 봉주와 성진은 '선인장 회관'에서 술잔을 기울였다.

"그동안 어떻게 지냈냐?"

"배운 게 도둑질이라고, 평생을 여기서 갓바치 노릇하며 살고 있지. 이탈리아에서는 '가파치(Capacci)'라는 가죽 명품이 있다는데, 나는 명품은커녕 아직도 구두 하청 일이나 받아서 먹고살고 있으니⋯⋯. 한 우물을 파온 장인을 대접하지 않는 세상이 원망스럽기는 하지만, 어차피 한 번 가는 세상 이젠 그런 기대도 접은 지 오래다. 애들 다 출가하고 나니 선영엄마와 늘 같이 일한다. 배운 것, 가진 거라곤 쥐뿔도 없는 놈한테 시집와서 지지리 고생만 했는데, 도망가지 않고 살아준 것만 해도 고맙지. 오늘은 몸이 좀 편치 않다고 일찍 들어갔어. 네 앞에서 할 말은 아니나 새끼고 뭐고 세월 지나고 보니 조강지처밖에 없더라. 그래도 아이들은 아버지가 만들어준 신발과 가방이 제일 좋다며 명품 부럽지 않대. 그것이 그저 고마울 뿐이지, 허허. 나는 그렇다 치고, 공자님 끄트머리 제자 우리 공 사장은 어떻게 지내시나?"

"나야 물론 '열중하면 밥 먹는 것도 잊고, 근심도 잊고, 늙는 것조차 모른다고 하신 공자님 말씀대로 죽어라 칼질만 해대고 살았지. 이제 그 칼을 내려놓을 때가 된듯한데 어째 마음이 갑갑하네. 자식들 생각을 하면 말이야."

"세상이 많이 달라졌지 않나? 요즘 애들이 어디 우리 같은가? 먹고사는 고생이야 좀 덜했겠지만, 한편으론 인정이나 도리에 워낙 메말라 있어서……."

"그래, 누굴 탓하겠나? 제대로 잘 가르치지 못한 우리 자신을 탓할 수밖에……."

성진은 자리를 옮겨 이차로 술을 더 하고 싶었으나, 아내 걱정을 하는 봉주를 더 붙들 수 없어 아쉬운 마음을 털고 자리에서 일어섰다. 어둠이 깔렸어도 금남시장은 여전히 생기가 넘치고 있었다.

성진의 발걸음은 어느새 무수막시장터를 지나 강변을 향하고 있었다. 예전에는 옹기종기 펼쳐진 텃밭들과 거름통들이 산허리를 두르고 강가를 끼고도는 철길과 강변으로 통하는 굴다리가 있었다. 성진은 용비교 안쪽의 둘레 길을 따라 응봉산을 오르기 시작했다. 까까머리 시절에 오르던 살살 바위 주변은 여전히 개나리가 지천으로 피어있고, 낮에는 뿌옇게 보이던 강물은 밤이 되자 검은 융단을 깔아놓은 듯 별빛에 반짝거렸다.

아무도 없는 산 위에 오른 성진은 어릴 적 동무들과 누구 물총이 더 센지 내기하던 때가 떠올라 온몸의 물기를 모두 다 짜내버리듯 한바탕 물총을 쏘아댔다. 버린 만큼 몸이 가볍다. 성진은 편편한 바위에 누워 개구리 우는 소리를 듣는다. 여인을 품었던 때가 언제였는지 기억이 별로 없다. 아내를 처음 안았던 때가 떠오른다. 아릿한 그리움과 아픔이 발끝에서부터 밀려온다. 괜스레 눈물이 흐른다. 어룽거리는 눈으로 하늘을 바라본다. 하늘엔 아라비아의 곡도(曲刀) 같기도 하고 도끼를 닮은 언월도 같기도 한, 어쩌면 늘 손에서 떠나지 않던 새김칼 같은 초사흘 초승달이 예리하게 성진을 내려다보고 있었다.

성진은 본능적으로 손에 익은 달빛 새김칼을 뽑아 든다. 뜨거움이 단전 깊은 곳에서부터 소용돌이친다. 성진은 경추 뒤쪽으로 흔들림 없이 정확히 칼을 찔러 넣는다. 머리와 몸통을 연결한 힘줄이 툭 끊어져 내린다. 정신이 아뜩해진다. 칼은 스스로 춤추듯 경추에서부터 미추에 이르기까지 만곡을 따라 척추를 바르고 케케묵은 번민과 욕망의 찌꺼기들이 아교처럼 뭉쳐진 근막 사이를 휘돌며 꾸덕꾸덕한 지방 덩어리들을 떼어내기 시작한다. 칼날이 지나간 사이사이 물밀듯 시원하고 상쾌한 기운이 흘러든다. 춘삼월 봄밤 곱게 핀 벚꽃은 꽃비를 내리는데 어디선가 강물 가르는 소리가 들리는 듯하다. 성진은 초승달 배에 누워 사공의 노 젓는 소리를 듣는다. 저승 어디쯤엔가 있다는 망각의 강을 건너고 있는지도 모르겠다는 생각이 든다. 하늘 가득한 별들이 강물에 쏟아져 내리며 일렁이는 달빛을 타고 흐르는 성진에게 속삭인다.

금호의 윤슬이 참으로 곱구나!

여신들의 축제

날씨가 끄물거리는 것이 꼭 비가 올 것만 같다. 하늘을 올려다보던 홍 여사는 긴 우산을 하나 챙겨 들고 집을 나섰다. 도림천 다리 중간에 선 채 잠시 망설인다. 어디로 갈까? '하늘도 무거운 찌뿌드드한 이런 날 몸과 마음을 쉬게 하는 데는 목욕탕 만 한 곳이 없지' 신호등이 바뀌자 얼른 길을 건너 마을버스를 탔다. 버스에 오르며 "수고하십니다." 버스 기사에게 인사를 한다. 미세먼지 가득한 날들이 계속되어 마스크를 쓴 기사는 별 반응이 없다. 그래도 홍 여사는 기분 나쁘지 않다.

홍 여사가 버스 기사에게 인사를 하기 시작한 지는 제법 오래되었다. 어느 따뜻한 봄날, 이웃에 사는 나이 지긋한 보살님 등쌀에 못 이겨 근처에 있는 절에 다녀온 후부터이다. 불교나 절에 별 관심이 없었지만, 평소 작은 선행이라도 실천하고 싶었던 홍 여사는 처음 들은 법문에서 대가 없는, 집착 없는, 허공처럼 맑은 마음으로 남에게 베푸는 행위가 '무주상 보시'라는 말에 신선한 감동을 받았다. 돈으로는 이웃에 대한 기부 한 번 제대로 못 하는 형편에 좋은 마음을 내면서 남에게 복덕을 지을 수 있는 것이 있다니 미룰 일이 아니었다.

운전기사에게 인사하기, 목욕탕에서 어르신 등 밀어드리기, 마주치는 사람에게 미소 띤 눈인사하기 이 정도면 돈도 시간도 들지 않고 실천하기도 쉬운 썩 괜찮은 보시가 아닌가? 처음 한 번은 좀 쑥스러웠지만 세 번째부터는 아무렇지도 않았다.

서너 정거장을 지나 은행 앞에서 내렸다. 늘 다니던 목욕탕을 향해 걷는데 누군가 다가와 반갑게 인사를 한다.

"안녕하셔요?"

아무리 생각을 해도 홍 여사는 기억이 나질 않는다.

"아, 네?"

"기억 안 나셔요? 지난겨울 여기 목욕탕에서 같이 등도

밀고 얘기도 하고 그랬는데……"

지난겨울 목욕탕에서 발가벗고 만난 사이였다는데, 해가 바뀌고 옷을 잔뜩 껴입은 상태에서도 얼굴을 알아본다는 것이 여간 부담스럽지 않다.

"날이 끄물거리니까 몸이 찌뿌드드하지요? 그래서 목욕탕 오셨구나. 오늘 같은 날은 그저 홀딱 발가벗고 뜨듯한 물에 들어가 앉아있는 게 최고지요, 안 그래요? 잘 다녀오셔요. 호호!"

그녀의 거침없는 목소리에 정거장에 서 있던 남정네들이 우리를 훑어보고 있었다.

이십 년쯤 전이었다. 동네에 있는 Y병원 건널목을 건널 때였다. 50대쯤의 아주머니가 플라스틱 목욕 대야와 비누 수건을 들고서 실오라기 하나 걸치지 않고 길을 건너고 있었다. 점심을 먹으려고 나온 남자들이 고개를 들지도 돌리지도 못하며 수군거렸다.

"정신병잔가 본데 몸매 한번 죽인다. 햐, 벌거벗은 여자 처음 보는 데 괜히 가슴이 막 벌렁거린다. 어휴……"

"야, 너 아직 총각이냐?"

"목욕탕 불나면 볼만 하겠어. 흐흐."

여신들의 축제　103

소곤거리던 사내들 뒤에서 이러지도 저러지도 못하고 안타까워했던 그때가 떠올랐다. 홍 여사는 가물치 껍질 같은 미끌미끌하고 꺼림칙한 무언가가 스멀스멀 온몸에 들러붙는 것만 같아 얼른 자리를 피했다.

가끔 홍 여사는 자신을 알고 있다는 듯 다가와 인사하는 사람들을 만나곤 했다. 잘 떠오르지 않는 기억을 더듬어 보니, 그들에게서 '목욕탕'이라는 공통점을 찾을 수 있었다. 목욕이 끝나면 적당히 잊어버리는 것이 보통이련만 뚜렷하게 자신을 기억하는 것으로 보아 벗은 몸을 더 잘 기억하는 것만 같아 기분이 영 찜찜하다.

'목욕탕을 바꿔야겠어. 여기서는 은닉성의 자유를 더 이상 누릴 수 없겠군.'

삼십 년쯤 전에 수영장이었던 이곳은 근처의 다른 목욕탕과 달리 수압이 강한 폭포와 샤워기, 널찍한 공간을 갖춘 전용목욕탕이다. 수온이 각각 다른 냉탕과 쑥탕, 황토탕, 녹차 탕과 습식, 건식 사우나, 게르마늄 찜질방이 있어 홍 여사는 관절이 아프거나 무리하게 일을 한 날은 정형외과 물리치료를 받느니 이곳에 와서 더운물에 몸을 담그고 자신만의 휴식을 취하곤 하였다. 누구에게 신경 쓸 것 없이 홀홀 옷을 벗고 목욕을 하다가 생각난 것이 '무주상 보시'였다. 잘 보이려 차려입은 것도, 예쁘게 보이려 화장한 것도 아닌 알몸뚱이로 묵은 때를 벅벅 벗기다 슬며시 착한 마음이 일어난 것일지도 몰랐다. 홍 여사는 목욕탕 안을 둘러보았다. 오늘도 오른손과 왼손이 착한 일을 하고도 서로 모른 척 할 수 있는 일이 있는지 찾아보았다. 마침 허연 머리를 꼬불거리게 파마를 한 깡마르고 구부정한 할머니 한 분이 손이 닿지 않는 등을 씻느라 몸을 비틀고 있었다. 동작이 자유롭지 못해 비눗물 바닥에라도 미끄러지실까 걱정이 되었다. 홍 여사는 좀 전의 언짢았던 기분도 풀 겸 늘 해오던 대로 할머니께 다가가 살며시 웃으며 말했다.

"어르신 제가 깨끗이 등 밀어드릴게요. 이태리타월 제게 주세요."

이럴 경우 대부분은 '아휴, 뭘요. 괜찮아요, 아이고, 미안하게, 그럼 우리 등 같이 밀까요?' 그럼 홍 여사는 '아니에요. 저는 벌써 밀었어요. 미안해 마시고 어서 돌아앉으셔요.' 그러고는 목부터 겨드랑이 엉덩이까지 상대가 미안할 만큼 꼼꼼히 때를 밀고 비누칠까지 해준다. 그리고 비누로 미끈거리는 등을 근육을 따라 꼭꼭 누르며 돌리며 경락 마사지까지 해준다. 배운 것은 아니지만 젊은 시절 암벽깨나

올라보았던 홍 여사의 손가락 힘은 여간 시원한 것이 아니다. 등밀이가 끝나면 두말할 것도 없이 묻지도 않는 자신의 속내를 이야기하기도 하고 때론 갖고 온 귤 한 조각이라도 까서 입에 넣어주기도 하는 벌거숭이 다정함이 연출되는 것이 보통이다. 홍 여사는 흐뭇한 마음으로 그날의 선행을 주판알 튕겨 올리듯 마음속에 넣어둔다. 그런데 오늘은 상황이 좀 다르다. 홍 여사의 상냥한 미소 뒤에 돌아온 말은

"됐어요, 나는 누가 내 몸 만지는 거 싫어요. 비켜요."

"어, 어? 예, 예, 죄송합니다. 혼자서 힘들어하시는 것 같아서……."

오늘은 정거장에서부터 심사가 불편했는데 불쾌한 거절까지 받으니 벌거벗은 민망함을 숨길 곳이 없다. 홍 여사는 얼른 쑥탕으로 들어가 벽을 보고 앉았다. 물이 뜨겁기도 했지만, 자꾸 땀이 났다. 이제는 공짜로 때 밀어주는 일도 해서는 안 될 것 같았다. 그래도 혼자 힘들어하는 어르신이 계시면 돌아가신 부모님 생각이 나서 기쁘게 때를 밀어드리곤 했는데, 목욕탕 보시는 이제 끝내야 할 때가 된 것 같다.

불편한 심사를 달래며 찜질방에 들어가니 언제 왔는지 단골손님들이 한자리 둘러앉아 커피를 마시며 땀을 빼고

있었다. 벽에 붙은 적외선 불빛에 분홍빛 살덩어리들이 꼭 정육점에 매달린 고깃덩어리 같다는 생각이 든다. 하나같이 가슴둘레보다 허리둘레가 굵은 중년 여인들이 모래시계를 뒤집어가며 마블링 박힌 피하지방을 빼내려고 뱃살을 꽉꽉 주물러대고 있다. 물소의 뼈인지 조개껍데기인지 알 수 없는 '괄사'라고 하는 뼈다귀 토막 같은 것을 가지고 몸을 문지르고 긁어서 온몸에 뻘건 줄이 죽죽 그어져 있는 것이 꼭 뱀이 지나간 길 같다. 그 참빗같이 생긴 뼈다귀 하나로 케케묵은 복부지방이 빠진다면야 날 밤을 새워서라도 긁어대겠지만, 끔찍이도 뱀을 싫어하는 홍 여사는 고개를 돌리며 일어나 도망치듯 사우나 방으로 들어갔다.

　뽀얀 이슬처럼 뿌려지는 물방울을 맞으며 어깨며 허리에 고무 부항을 붙인 중년 여인 서넛이 온몸의 피부를 오징어 껍질 벗겨내듯 소금으로 박박 문지르고 있었다. 홍 여사는 자신의 몸을 내려다보았다. 젊은 시절부터 운동으로 단련된 몸은 여전히 반듯하고 탄력이 있어 보인다. 그러나 세월에 장사 없다고 예전 같지 않게 무릎과 허리에 통증을 느낄 때가 많고 자신도 아랫배가 둥실하게 굵어지고 가슴이 처지고 있는데 누굴 비난할 입장도 못 된다. 홍 여사는 찜통 같은 사우나방 의자에 기대어 몸과 마음의 더러운 때들이 물방울처럼 쪽쪽 녹아내리길 바라며 조용히 눈을 감았다. 초여름 청량한 새벽이슬로 목욕하고 물안개 구름 타고 오르는 비천상(飛天像) 선녀를 상상하다 설핏 잠이 들었다.

날씨가 추워지자 부랴부랴 김장했다. 홍 여사네 김장은 결혼 후 줄곧 강화도 순무 김치다. 어릴 적 어머니 손맛을 잊지 못하는 남편은 직접 강화도 무밭을 찾아가 무가 얼기 직전의 노지 순무를 직접 캐기까지 하며 일 년 양식이 될 만큼 잔뜩 싣고 온다. 온통 진흙 덩어리인 순무를 남편이 솔로 닦고 썻고 애를 쓰지만, 주부의 일이라는 것이 한정이 없다. 김치냉장고 저장으로도 모자라 중 항아리 하나를 꽃밭에 묻는 것으로 겨우 허리를 폈다. '신비의 물'이라고 널리 알려진 김포에 있는 온천으로 몸을 풀러 갔다.

뻘겋게 황토를 풀어놓은 것 같은 욕탕 안은 약효를 증명이나 하듯 사람들로 가득했다. 철분과 염분에 절어 붉어진 욕탕 안에 동글동글한 머리들이 동동 떠 있는 모습이 꼭 오지항아리 시루에 담긴 콩나물 같다. 홍 여사도 비좁은 욕탕에 들어가 콩나물처럼 머리를 내밀고 몸을 푹 담갔다. 쑤시던 뼈마디가 노글노글하게 풀리며 그렇게 시원할 수가 없다.

몸이 달궈지자 열탕에서 나와 냉탕으로 걸어가던 홍 여사는 발이 미끈하며 목욕탕 바닥에 넘어졌다. 순간적으로 팔을 돌려 짚으며 머리를 들어 뇌진탕을 피할 수 있었다. 반사신경의 도움이 없었다면 큰일을 당할 뻔하였다. 타일이 깔린 바닥에 온천수와 비눗물이 미처 빠져나가지지 못해 여간 미끄러운 것이 아니었다. 홍 여사는 덜렁거리는 가슴을 진정하며 할머니들이 가득한 홍염탕을 바라보다가 때를 밀려고 갖고 왔던 이태리타월로 바닥을 닦기 시작했다. '어르신 등밀이 보시를 그만두겠다. 했더니 목욕탕 바닥을 밀게 되었군. 그래, 이것도 나쁘지 않아' 홍 여사는 목욕 바가지에 물을 떠다 끼얹어가며 할머니들이 넘어지지 않도록 바닥을 깨끗이 닦고 있었다.

"아줌마, 저기도 미끄러운 데 좀 닦으세요. 어휴 넘어질 뻔했잖아."

무례한 젊은 여인이다. 홍 여사는 흘깃 훑어보고는 대답도 없이 계속 바닥을 닦는다. 적어도 검정 망사 브래지어와 팬티 정도는 입고 청소를 할 텐데 알몸으로 청소하는 아줌마가 있었나? 하는 생각이 들었는지

"아줌마, 어어? 청소하는 아줌만 줄 알았어요. 미안해요."

한다. '청소하는 아줌마에게는 막 대해도 되는 건가?' 홍 여사는 불쾌하고 심사가 뒤틀렸지만, 벌거벗고 언성 높이는 꼴은 여간 볼썽사나운 것이 아니므로 하고픈 말을 꾹 참고 냉탕으로 들어갔다. 열탕에서 건너온 나이 드신 할머니들이 사는 이야기를 하고 있다. 허리가 아파서 왔다는 사람, 아토피피부염이 나았다고 해서 왔다는 사람, 관광버스 타고 온천을 찾아다닌다는 사람들이 '아이고 죽겠다'를 계속 중얼거리는 할머니 한 분을 사이에 두고 이야기를 하고 있다.

"아니, 할머니는 지금 연세가 어떻게 되는데 아직도 시집살이를 하신다고요? 여직 시부모님이 살아계신다구? 아이구, 징그러라."

갈색 머리의 할머니 한 분이 혼잣말을 한다.

홍 여사는 '아이고 죽겠다'를 계속 중얼거리는 할머니에게 살며시 물었다.

"할머니, 어디가 불편하셔요?"

"예? 에구에구, 나도 모르게 자꾸 죽겠다 소리가 저절로 나는구먼. 모처럼 뜨듯한 물에 몸 담갔다가 찬물에 들랑거렸다 하니 살 것같이 좋은데, 입에선 죽겠다는 소리만 나오네. 흐흐."

"그렇게 좋으셔요? 그럼 자주 다니셔요. 힘들 때 목욕탕 만큼 싸고 편안한 곳이 어디 있겠어요. 커피 한 잔도 사오 천 원이 넘는데."

"그러게나 말이에요. 오고 싶어도 올 수가 없었어요. 집 에 아픈 노인네가 있어서 내가 꼼짝도 못 해요. 오늘은 딸 하고 사위하고 날 보러 왔다가 강제로 이곳에 내려주고 갔 어요. 엄마 목욕 좀 하면서 쉬라고, 할아버지는 잠시 자기 들이 보겠다고. 내가 평생 시집살이를 했는데 시동생 둘 시누이 하나 시집 장가 다 보내고 나도 아들 둘에 딸 하 나 두었는데, 지금은 아흔여덟 된 시아버지와 둘이 살아 요. 스물한 살에 시집와서 지금껏 이 근처에 사는데, 가까이 에 이렇게 좋은 데가 있는 걸 잘 알면서도 도통 오게 되질 않아."

"예? 아흔여덟이요? 건강하셔요?"

"건강하긴 치매 걸린 노인네여. 나도 이렇게 힘든데 백 살 다 사신 양반이 안 아플 리가 있겠어?"

"그럼 할머니 연세가 어떻게 되는데요?"

"나? 꼭 팔십 되었지."

탕 안의 여자들이 모두 놀라며 할머니를 쳐다보았다. 할머니 두 분이 물었다.

"그럼 할아버지는요?"

"우리 영감은 나보다 두 살 아랜데 십 년 전에 먼저 갔지."

"예? 그럼 할머니 그 옛날에 연하남이랑 결혼하셨어요?"

아토피 증상을 고치겠다고 온 젊은 여자가 놀라며 대화에 끼어들기 시작했다.

"그렇지, 우리 어른들이 한마을에 살았는데 두 집이 서로 가깝게 지냈어. 날 며느리 삼고 싶다 했대. 그때 영감이 날 좀 많이 좋아했던 걸 나도 눈치는 좀 챘지. 그런데 우리 집에 중신이 들어오니까 내가 시집갈까 겁나서 자기 아버지를 달달 볶은 것 같더라고. 나 아니면 장가도 안 가고 죽어버리겠다고 했다나, 허, 참. 그래서 시아버지가 우리 집에 청을 넣었는데 우리 집에서 신랑감 나이가 아래라 안 되겠다 했다지. 그랬더니 밥주걱이 아래인 것이 더 잘 산다면서 결혼시키자 졸랐다지 뭐야. 그래서 일찍 장가들게 되었지."

"어머나 세상에, 그럼 첫사랑 연애결혼이네요? 호호, 멋지다!"

젊은 여자가 신나게 맞장구를 쳤다.

"그럼 시어머님은요?"

"시어머니? 일찌감치 세상 뜨셨지. 근데 문제는 간 사람이 아니고 남은 사람인 거야. 평생을 함께 산 시아버지가 정신력 하나는 대단하셨는데, 가실 때가 다 되었는지 작년부터 치매가 왔어 나도 치매 들까 봐 걱정이 큰데……. 그러니 내가 이 나이에도 눈코 뜰 새가 없지. 드시는 것, 씻으시는 것 다 내가 한다오. 요양보호산지 간병인인지 세 시간 정도 왔다 가는데, 그 사람들하고는 절대로 목욕을 안 하겠다고 말도 안 하신다니까."

"그럼 시아버지 목욕을 다 늙은 며느리가 시킨다고요? 에구머니나 이를 어째. 요양병원이든 요양원이든 보내시면 되잖아요?"

젊은 여자가 말했다.

"예끼, 이 사람아. 나도 힘들고 귀찮은 일을 생판 모르는 사람이 살갑게 대하겠어? 구박이나 하고 천대하겠지. 떼돈을 주는 것도 아니고 안 그래요?"

"어휴, 그래도 그렇지, 세상에나, 할머니도 팔순이신데"

옆의 할머니가 혀를 끌끌 찼다.

"아무리 봐도 얼마 못 사실 것 같은데 그냥 집에서 돌아가시게 해야지. 불쌍한 노인네 나만 매달리고 내 말만 들어. 하긴 함께 산 시간이 참 길기도 하지. 스물하나에 시집 왔으니 오십 년을 한집에서 살았는데 이제는 시아버지라는 생각도 안 들어. 며느리래도 나만큼 가까운 사람이 어디 있겠어? 아들이 같이 살자고는 하는데, 걔들도 환갑이 다 돼가는 나이에 백 살이 다 된 치매 걸린 시할아버지 모실 상황이 되겠냐고. 죽는 날까지 혼자 살 거야. 내나 시아버지나 똑같은 입장인 걸 뭐."

이야기하는 할머니나 할머니 사는 이야기를 듣고 있던 사람들이나 자신들이 냉탕 안에 앉아있다는 사실을 모두 잊어버린 것만 같았다. 누구 한 사람도 탕 밖으로 나가지도 않고 할머니 이야기를 듣고 있었다. 홍 여사는 자기도 모르게 슬며시 할머니의 어깨를 지그시 주무르고 있었다.

"에구구, 아이고 죽겠다. 어쩜 이렇게 쏙쏙 아픈데 만 골라가며 안마를 해주시나. 아이고 고마워라, 정말정말 시원하네. 누구신데 이렇게 안마를 잘하실꼬. 전문가여 전문가."

할머니는 너무 좋아서 아예 욕탕 난간에 몸을 걸치고 홍여사의 손길이 이어지기를 간절히 바라고 있었다. 홍 여사는 안쓰러운 마음에 호흡을 가다듬으며 꼭꼭 어깨며 등이며 허리를 안마해 드렸다.

"아줌마가 이렇게 날 주물러 주니 먼저 간 영감 생각이나네."

"좋은 추억이라도 있으셨던가 봐요?"

"좋은 추억이라기보다 나한테 잘해 줬던 생각이 나서 그렇지!"

"말씀해 보셔요."

홍 여사가 재촉했다.

"옛날에는 지금 같지 않아서 얼마나 일이 많았어? 농사짓는 일에, 새참까지, 시동생들 도시락부터, 세탁기가 있기를 하나. 한겨울에 개울에서 빨래하며 손이 꽁꽁 얼어서 빨갛게 되어서 부들부들 떨고 있는데, 어디서 나타났는지 영감이 나를 사람들 안 보이는 데로 슬며시 잡아끌고 가는 거야. 그러고는 내 두 손을 자기 겨드랑이 사이에 콱 집어넣고는 꼭 붙들고 있는 거야. 얼마나 따뜻한지 금방 언 손이 다 녹아버리곤 했지. 여자 일이라는 게 끝 간 데가 있나? 이맘때 김장 다 끝나고 꽁꽁 언 발로 녹초가 돼서 방에 들어가면 나를 꼭 끌어안고는 얼음장 같은 내 발을 자기 사타구니 사이에 꼭 끼고서 날 녹여주곤 했어. 아랫목하고는 비교가 안 되지. 얼마나 빨리 몸이 풀리는지 스르르 잠이 들곤 했어. 그때 우리 영감은 얼마나 차갑고 선뜩선뜩했을까, 생각하면 맘이 짠해. 날 끔찍이 아끼긴 했어. 나이도 아랜데 속은 참 깊었어. 요즘 젊은 애들처럼 사랑한다는 말은 한 번도 못 들어봤지만."

"어머나! 세상에……"

할머니의 러브스토리에 감동한 탕 안의 사람들은 추운 줄도 모르고 할머니 둘레에 동그랗게 모여 한마디씩 질문을 던지기 시작했다.

"치매 걸리면 갑자기 힘이 세지면서 투정을 심하게 부리기도 한다는데 할아버지는 안 그러시나요?"

온천을 즐긴다는 할머니가 물었다.

"그것도 기력이 좀 남아있을 때지. 지금은 고함을 치다가도 '쌔쌔' 쇳소리나 내지 잘 가누지도 못해. 근데 희한하게 내 말은 잘 들어. 내가 시어머닌 줄 착각하시는 것 같아."

"그럼 대소변도 다 받아내시고 목욕도 시키시고요? 아이고, 민망하지 않으세요?" 관광버스를 타고 온천을 찾아다닌다는 얼굴이 흰 할머니가 물었다.

"먹는 거나 싸는 거나 사실 뭐가 달라? 입은 먹는 일을 하고 창자나 항문은 싸는 일을 하는 게 다를 뿐이지. 먹고 싸고 하지 않는 사람 있으면 나와 보라고 해. 거시기만 해도 그래. 징그러울 게 뭐 있어? 꽃을 보면 이쁘다 향기롭다 좋다고 하면서 열매를 맺는 데야 꽃이나 고추나 다를 게 뭐 있어? 사람들이 음란한 생각을 하고 이상스러운 행동들을 하니 못된 죄를 짓는 도구가 된 게지, 안 그래? 그 거시기가 작동을 안 했으면 우리 서방을 낳기나 했겠어? 내가 우리 자식들 얻은 것도 다 그렇게 얻은 것 아니야? 각자 제 역할을 하는 것일 뿐이야. 그리고 나도 밥도 짓기 싫어 죽겠는데 노인네 수발이 쉽겠어? 그래도 엄청 가엾은 걸 어떻게 해. 요즘은 암죽도 잘 못 드시는 것이 얼마 못 가 곡기를 끊으실 것 같아. 그래서 아들 사위들이 온 거야. 정말 시원하다. 그런데 미안해 죽겠구먼. 이 노인네 힘들까 봐 안마를 다 해주고."

"아니 뭘요. 그냥 좀 만져드리는 것뿐이에요. 시원하셔요?"

"인제 그만 해요. 정말 고마워요."

감동한 할머니의 높은 목소리에 여기저기서 자기의 어깨도 좀 주물러 달라고 주문이 들어오기 시작했다. 자발적으로 안마를 청하는 지원자가 생겼으니 거절할 수가 없다. 홍 여사는 심호흡한 후 나이 들어 보이는 할머니부터 안마해 드리기 시작했다. 야무진 손끝에 힘을 주자 할머니들이 '호오' 하는 기분 좋은 소리를 내자 서로 안마해달라며 재빠르게 냉탕 난간에 엎드린다. 할머니들의 화합 열기와 홍 여사의 땀방울로 냉탕은 이미 냉탕이 아니었다. 홍 여사는 자신의 허리가 아프다는 것도 잊은 채 열심히 안마해 드렸다.

남편과 만나기로 약속한 시각은 벌써 30분이 넘었다. 부랴부랴 서둘러 목욕을 마치고 나오자 기다리다 지쳐 방송하려고 했다며 남편은 담배를 물고 있었다. 늦게 나오게 된 까닭을 들은 홍 여사 남편이 혀를 끌끌 차며 말한다.

"몸 풀라고 온천 데리고 왔더니 남의 몸만 실컷 풀어주고, 당신은 어쩔 건데? 당신은 목욕탕만 가면 사고를 친단 말이야. 당신은 발가벗고 사람 사귀는 게 취미인가 보군."

기다리다 지친 홍 여사 남편이 투정했다. 그래도 남편과 함께 뜨끈한 곰탕 한 그릇을 사 먹고 집으로 돌아온 홍 여사는 일찍 자리에 들었다. 막 잠이 들려는데 엎드린 홍 여사 등 위로 남편이 올라타더니 홍 여사의 팔다리 어깨 등과 허리 엉덩이까지 꼭꼭 주물러대기 시작했다. 홍 여사는 안마해 드린 할머니처럼 자기도 모르게 '아이고 죽겠다' 소리를 냈다. 온몸이 노글노글 풀리며 소르르 잠이 왔다. 할머니의 영감님 이야기가 떠올랐다. 잠결에도 '무주상 보시' 주판알은 저절로 튕겨 올라가고 늘 데면데면하던 남편도

믿지가 않았다.

　날씨가 썰렁하더니 아침부터 펑펑 함박눈이 내리기 시작했다. 올 들어 내리는 첫눈인데 앞이 안 보일 정도로 하늘이 뽀얗다. 길가에 널려진 공사장 철근과 쓰레기 더미들도 소담하고 폭신한 작은 동산들로 변하고 있었다. 인간에 의해 파헤쳐진 지상의 상처들이 하늘로부터 내려온 치유와 축복의 은혜로 하얗게 감싸여지고 있었다.

　홍 여사는 집 앞의 눈을 치우려다 그대로 두었다. 모처럼 혼자서 눈길을 걸어보리라 모자를 쓰고 집을 나섰다. 한 걸음 한 걸음 걸을 때마다 잠깐씩 시간이 쉬는 것만 같다. 그러다 언젠가는 시간이 그냥 스윽 멈추어버릴 것 같다.

　'삶이 멈출 때 이렇게 온통 하얗고 깨끗하게 순결할 수 있다면 얼마나 좋을까?'

　한참을 걷다 보니 홍 여사는 자기도 모르게 늘 다니던 목욕탕 앞을 지나고 있었다. 은행 앞 유리에 비친 모습은 영락없는 눈사람이다. 유리창에 자신을 비춰 보는 순간 고요한 마음의 평화가 깨지며 갑자기 한기를 느낀다. 때로는 거울 같은 것이 없었으면 좋겠다는 생각이 든다. 덮인 눈

을 털어내자 칙칙한 외투와 부스스한 머리칼들이 눈에 거
슬린다.

'그래, 목욕해야겠어.' 홍 여사는 목욕탕 문을 밀고 들어
섰다.

따뜻한 물속에서 한기가 풀리자 스르르 눈이 감겼다.

"오셨네요?"

누군가 어깨를 톡톡 건드리며 아는 체를 한다. 가끔 목
욕탕에서 마주치는 골프를 즐기는 몸매 좋고 얼굴 고운 사
십 대 후반의 여자이다. 목욕탕에서는 희한하게도 서로의
이름을 묻지 않는다. 그러나 몇 살이냐? 어디 사느냐? 등의
질문은 결코 실례가 아니다. 옷 입은 세상에서의 불문율이
옷 벗은 세상에서는 적용되지 않는다. 그녀는 늘 그렇듯이
온탕 코너에 서서 어깨를 뒤로 젖히거나 배를 위아래로 꿀
렁거리며 운동을 한다. 그래서 그런지 그녀의 복부는 군살
이 없고 매끈하다.

"아줌마는 올해 몇 살이요? 자식은 있어요?"

옆에 앉은, 머리털이 많이 빠진 아주머니인지 할머니라
해야 할지 가늠이 안 되는 분이 물었다.

"예? 육십 좀 넘었어요. 왜요?"

"아니, 나이는 좀 된 것 같은데, 들어올 때 보니 몸매가 아직도 아가씨 같아서 그렇지!"

당황한 홍 여사는 무슨 말씀이시냐며 손사래를 쳤다.

"아니요, 늙어가는 고깃덩어리인걸요. 호호……"

돌아보니 다른 사람들도 홍 여사와 비슷한 생각을 하는 것 같았다. 출렁거리는 뱃살을 흔들기도 하고, 늙거나 젊거나 장애가 있거나 없거나, 얼굴에 시커먼 팩을 했거나, 오이를 썰어 붙이고 길게 누워있어도 전혀 상관하지 않는다. 사람들이 서로 알몸으로 만날 수 있다면 피차 불편한 편견과 오만에서 벗어날 수 있을 것 같은데, 과연 그럴 수 있을까……

날씨가 궂어서인지 오늘은 사람들이 제법 많다. 환갑이 넘은 나이에도 헬스장 트레이너를 하는 사람, 곱사등 아주머니, 임신한 여자, 물장구를 치고 있는 어깨가 동그란 아기와 젊은 엄마, 모두 느긋하게 목욕을 즐기고 있었다.

그때 갑자기 포탄이 터지듯 '쿵 쾅!'하는 소리가 들리며 사이렌이 울었다. 놀란 아기가 '와아앙' 하고 울음을 터뜨리자 아기 엄마는 아이를 안고 쏜살같이 목욕탕 문을 밀고 나갔다. 건물이 흔들리고 비상등이 깜빡이자 사람들이 '엄마야' 하며 우왕좌왕하기 시작했다. 뉴스에서 가끔 보도되던 목욕탕 사고 현장이 떠오른다. 사람들이 탈의실로 몰려나가는데 안내방송이 들렸다. 다행히 화재도 건물의 붕괴도 아닌 최근 도로 가까이 있는 공사장에서 목욕탕 아래로 지하철 길을 내기 위해 폭탄을 터뜨리는 소리라고 했다. 새로 온 관리자가 이런 사실을 미처 알지 못하여 자기도 모르게 놀라서 비상벨 스위치를 잘못 누른 것이었다. 하마터면 모두가 발가벗고 거리로 뛰쳐나가야 할 판이었다.

목욕탕 건너편에 걸려있던 '생존권 보장하라. 공사를 중지하라'라는 데모 현수막이 떠올랐다. 모두 한숨을 쉬며 목욕탕 안으로 되돌아왔다. 홍 여사도 긴장했던 가슴을 진정시키며 찜질방으로 들어가 다리를 뻗었다. 모두 홍 여사와 비슷한 심정이었는지 하나둘 찜질방으로 들어왔다.

"방금 내가 살겠다고 뛰어나가면서 이런 생각이 들었지 뭐야. '이 알몸 어디를 감춰야 하나? 가려야 할 데가 너무 많아서 이 두 손바닥 가지고는 어림도 없는데. 난 아무래도 거시기도 얼굴도 아닌 이 출렁거리는 뱃살을 감춰야 할 것 같다'는 생각이 퍼뜩 들더라고. 아무짝에도 쓸모없는 이 뱃살. 이거 말이야, 이거!"

유난히 뱃살이 두껍게 늘어진 중년 여인이 자신의 늘어진 뱃살을 출렁출렁 흔들어대며 말했다. 찜질방에 모인 사람들이 모두 손뼉을 치며 웃어댔다. 매일 목욕탕에 출근 도장 찍듯 하는 철물점 장 여사가 말을 받았다.

"죽어라 운동해도 목욕탕 갔다가 오면 밥은 또 왜 그렇게 맛있는지 참을 수가 없어요. 그래서 가끔 삼겹살 요리를 해 먹곤 하는데 그때마다 자꾸 내 뱃살이 떠올라요. 이 뱃살의 성분은 무엇일까? 신나게 먹어댄 맛있는 음식물 말고 탐욕, 시샘, 공명심, 허영덩어리에 양념처럼 뿌려보는 한 꼬집 배려와 선행? 킥킥. 아무나 살 빼는 게 아니에요. 독종이나 할 수 있지. 안 그래요? 그런데 아주머니는 저 보다 한 참이나 위인 것 같은데 가슴이 어쩜 그렇게 예뻐요? 아가씨 가슴 같아요."

"저요? 이런 말 해도 되려나? 사실은 나 유방 성형했어요. 내가 원래 벽창호로 '사막에 건포도 한 알'이라는 표현이 딱 맞았지요. 누가 가슴만 건드려도 브래지어가 푹 꺼지곤 해서 뽕을 하고 다닌 게 얼만지 몰라요. 창피하고 속상하고 그랬는데 그러다 갱년기까지 심하게 앓았어요. 어느 날 남편이 내가 옷 입다가 짜증을 내는 걸 유심히 보더니 어디서 뭔 돈을 마련했는지, 내 생일날 오백만 원을 쥐여주며 '내가 당신 유방보고 평생 산 거 아니니까 오해하지 말고 이제라도 원 없이 유방 성형해라, 나도 당신이 좋아하는 거 보고 싶다'라고 하더라고요. 얼마나 고마운지……. 수술을 오십에 했으니 벌써 십오 년이나 됐네. 그 후로 자신감이 좀 생기더라고요. 그래서 그때부터 열심히 운동했더니 지금 이 정도 몸매를 유지할 수 있게 되었지요"

"아이고, 복도 많고 건강도 하시네요. 그러니까 성형을 하지, 나는 유방암을 앓아서 아예 한쪽 유방이 없어요. 목숨을 겨우 건졌으니 미용 같은 건 생각도 못 하지요. 뭐니 뭐니 해도 건강이 최고예요."

오른쪽 가슴에 수술 자국이 확연한 50대 후반쯤 되어 보이는 아주머니가 찜질방 구석에서 혼자 스트레칭하고 있는 몸짱 트레이너를 바라보며 말했다. 홍 여사도 트레이너를 바라보다가 그가 하는 대로 다리를 곧게 펴고 허리를 굽히고 몸을 비틀기 시작했다.

"아니 아주머니는 어쩜 그렇게 몸이 유연하세요? 연세도 좀 있으신 것 같은데." 언제 들어왔는지 젊고 예쁜 아가씨가 홍 여사를 따라 하기 시작했다.

갑자기 트레이너가 모두를 바라보며 말했다.

"옛날 그리스에서 처음으로 올림픽이 시작되었답니다.

이 올림픽에는 시민권이 있고 범법행위가 없는 사람, 제우스신에 대한 불신행위가 없었던 남자만이 참여할 수 있었다고 합니다. 그리고 참가하는 선수들은 모두 나체여야 하며 신발조차도 신을 수 없었는데 그 이유는 모든 구속과 형식으로부터 해방된 자유정신을 추구하기 위해서였다고 합니다. 제가 형님들 말씀하시는 걸 듣다 보니 모두 너무너무 솔직하고 해방된 자유정신의 소유자들이십니다. 우리가 옷 입고 나서면 얼마나 내숭을 떨면서 삽니까. 조금 전만 해도 어딜 가릴지 몰라 쩔쩔매며 튀어 나가지 않았습니까?"

"맞아, 맞아. 어디 가서 이런 얘길 해. 쪽팔리게. 그저 찍어 바르고 고상한 척 혼자 다 하지. 킥킥, 안 그래요?"

"그래, 그래. 있는 척, 잘난 척, 배운 척하느라 정신이 없지. 이렇게 빨가벗으면 죄다 똑같은걸."

"그러게나 말이야. 후후……"

여기저기서 트레이너의 말에 한목소리로 맞장구를 쳤다. 문까지 열어젖히고 떠드는 소리에 궁금한 사람들이 연이어 들어왔다. 홍 여사는 비곗덩어리로만 보이던 출렁이는 뱃살이 오늘은 르누아르의 그림 속 여인들처럼 아름답고 풍요롭게 느껴진다. 사회적인 시선과 편견에 맞서는 유방절제 비키니 모델의 멋진 모습도 떠올랐다. '우르릉 쾅쾅!' 폭발

음과 건물의 흔들림이 계속되었지만 불안해하거나 무너질 것처럼 걱정하는 사람이 아무도 없다. 지하세계는 지금 한참 전쟁 중이다. 바위가 깨지고 물줄기가 터져 쏟아질 것이고 알 수 없는 수많은 생명체가 포탄에 부서지고 죽어가고 있을 것이다. 지하세계에서 본다면 분명 이곳은 근심 걱정 없는 천상의 세계일 것이고 우리는 모두 목욕을 즐기는 축복받은 여신들이리라. 트레이너가 '하나, 둘' 구령을 붙여가며 몸을 움직이기 시작했다.

"우리도 한번 21세기 누드 올림픽을 해 보는 거예요, 여기 찜질방에서, 우리 여자들끼리, 뭐니 뭐니 해도 money, 돈이 아니라 건강이 최고예요. 안 그래요?"

몸짱 트레이너가 전문가답게 힘차게 구령을 외치자 모두 "좋아요!" 하며 허리를 꺾고 다리를 꼬고 팔을 비틀며 운동을 하기 시작했다. 벌거벗은 몸들이 용을 쓰며 춤을 춘다. 땀과 물기에 젖은 몸들이 신화 속 여신이 되어 번들번들 빛을 뿜어내자 열기와 땀으로 범벅된 수증기는 뽀얀 구름으로 피어나고 폭탄 터지는 소리는 축포가 되어 흥을 돋운다.

여신들의 축제가 무르익는다.

지니의 호리병

〈시놉시스〉

암묵적으로 눌려온 여성에 대한 환상을 들여다본다. 시대에
따라 요술램프의 임자도 바뀌고 AI가 그 기능을 대신한다.
지배당하던 지니는 도마뱀처럼 꼬리를 자르고 무한 자유를
행사한다.

〈인물 소개〉

아내 : 가부장적 교육환경 속에서 자라온 60대 여자. 전근대적인 여성성과 변해가는 시대에 적응하지 못하는 남성우월주의에 대하여 비판적인 의식을 갖고 있다. 그러나 오랫동안 젖어버린 관계의 습성을 떨쳐내지 못하고 있다. 황혼의 자유, 현대판 노라를 꿈꾼다. 흰머리, 날씬하고 키가 크다. 학구적이며 사색적이다. 903호에 산다.

남편 : 체격이 좋고 기계 감각이 뛰어나 문제 원인을 바로 알아내 한 방에 해결하는 맥가이버 형 기술자. 남자는 죽는 날까지 가족을 책임져야 하므로 강력한 통제가 필요하고 남성성을 잃어서는 안 된다고 생각하는 전형적인 가부장적 의식을 가진 60대 남자.

옆집(904호) 남편 : '꽃보다 남자' 느낌이 폴폴 나는 40대 초반. 도시형 타입. 맑은 피부, 머리는 8:2로 빗어 넘긴 짧은 커트. 키 크고 적당히 근육형.

옆집(904호) 아내 : 오픈 숄더 새틴 블라우스 앞섶을 바지 속에 넣고 레깅스 스타일의 7부바지에 페디큐어를 했고 샌들을 신었다. 머리는 갈색과 회색 금발 브릿지, 날씬하고 가슴이 커 보인다. 무척 어려 보이는 30대 후반의 아기 엄마.

젊은 여자(303호) : 보이시한 쇼트커트, 헐렁한 운동복 차림의 오동통한 중간 키, 중성적인 느낌이 드는 30대 초반, 혼자 사는 회사원.

남자 친구(303호) : 흰색 민소매 티셔츠에 속이 비치는 검정 망사 목 폴라에 헐렁한 줄무늬 바지, 굵은 웨이브 세팅 펌, 옅은 화장, 귀찌와 엄지손가락 반지, 목뒤엔 삼족오, 팔에 블랙워크 한문 타투를 새김, 시원스러운 이목구비에 훤칠한 20대 후반, 패션모델.

〈때: 초여름〉

〈내용〉

S#1. 거실 / 낮 Fade-in

—소파에 기대어 남편과 아내가 함께 〈아내는 요술쟁이〉라는 오래된 드라마를 보고 있다. 살짝 촌스럽고 유치한 영상. 대형 TV를 보며 중얼거리는 남편과 아내. TV에 빛이 반사되는 것을 막으려고 암막 커튼과 레이스 커튼이 쳐져 있고 선풍기가 살살 돌고 있다.

남편 :   만사형통 해결사에 이쁘기까지 하니 저 남자는 황제군. 황제야 뻔한 내용인 줄 알면서도 재미는 있네. 크흐.

아내 :   저렇게 고운 피부와 금발도 늙을까? 늙는다면 어떻게 변할까? 은발? 아님 검정 머리? 글쎄 요술쟁이라니 올컬러 방송이가 될지도 모르겠군.

(잠시 TV 화면 영상이 보인다)

남편: 거 좀 유치하네. (남편이 시큰둥한 표정으로 채
       널을 돌린다. 만화영화 채널로 고정) 그래, 같은
       요술쟁이래도 지니보다야 사만다가 낫지. 근
       데, 사만다는 불쑥 불쑥 튀어나오고 램프는
       좀 거추장스럽고 뭐 좋은 거 없나? 크흐흐흐
       (TV를 보며 히죽거린다)

(알라딘 TV 장면 insert)
—TV 화면 속에서 양탄자를 타고 하늘을 날고 있는 알라
딘과 재스민 공주가 〈A Whole New World〉를 부른다. 램
프의 요정이 나르는 양탄자로 변하여 힘차게 무한 창공을
오르내리는 모습. 키득거리며 웃는 남편.

남편: 햐! 저런 요술 램프 하나만 있다면 세상 부
       러운 것이 없겠구먼! 아니, 그 반쪽만 한 조
       롱박이라도 하나 있었으며 좋겠네! 그때그때
       원하는 것이나 좀 들어주고, 적당히 일도 척
       척 해주고……. 햐! 요술쟁이 아내와 마술램

프의 믹스 앤 매치 교감 가능한 로봇 같은
건 어디 없나?

—비딱하게 벽에 몸을 기대고 TV 시청 삼매에 빠진 남편의
모습을 보는 아내, 아내는 허연 머리를 긁적이며 자기 방으
로 간다.

S#2. 아내의 방 / 낮
—간결한 구조의 서재 느낌이 드는 실내, 커튼 없는 창문을
반쯤 연다. 흐트러진 머리칼을 쓰다듬으며 책상으로 간다.

아내 :   (책상 앞에 앉으며 시큰둥하게) 나도 그런 자그
            마한 호리병 하나 있었으면 조~오겠네. (핸드
            폰에서 말풍선 숫자가 많은 카톡을 열며 혼잣말을
            한다)
            어디 보자, 줄줄이 노년을 위한 지침서들이
            군. 규칙적인 운동을 해라, 적게 먹고 많이 웃
            고, 일찍 자고 많이 걷고, 지갑은 열고 말은
            적게 하고, 뭐니 뭐니 해도 치매 예방을 위해

선 공부밖에 없다고? 그래, 운동은 잘하고
있고, 지갑은 돈이 있어야 열 것이고, 공부는
머리가 있어야 하잖아? 맨날 공부 공부 지겹
게 듣고 말하던 공부를 왜 또 해야 하는데?
치매 걸리지 않는다고? 하긴 치매가 무섭긴
하지. 그럼, 어디 영어책이나 한번 보실까? (책
꽂이에서 영어 명문장 BEST 20'를 뽑아 편다) 킹
목사님의 'I Have a Dream'
Oh, 제목이 좋군!

—컴퓨터에 CD를 넣고 컴퓨터 화면 클릭, 영어를 들으며
따라 읽는다.

아내: I have a dream -나는 꿈이 있어요. that all
        men are created equal.
        모든 인간은 평등하게 창조되었다. 그런데
        man? 왜 항상 남성명사야?
        그래! 피부 색깔에만 편견이 존재하냐? (화가
        난 듯 큰소리로)
        아니지. (책을 손에 펴든 채 머리를 흔들며 입속말로)

권력에서, 명예에서, 돈에서, 성에서, 아님 기회에서?

아니, 아니지. (격앙된 표정으로)

모든 사회라는 조직의 울타리에서 진실로 벗어나지 못했지!

그렇지! 그럼, 가장 작은 울타리 가정에서는?

당연히 아… 니… 지… (깊은 한숨을 쉰다)

―책을 읽던 아내 물을 마시려고 주방으로 간다.

(Sound) 거실에서 TV 속, 알라딘과 지니의 대화가 들린다.

S#3. 주방 / 낮

냉장고에서 물병을 꺼내는 아내. 물을 따르다가 울컥 넘치게 붓는다. 바닥에 흘린 물을 닦고 물컵을 들고 방으로 들어가는 아내, 거실에서는 남편이 TV 채널을 돌린다. 바둑 두는 장면으로 화면 전환.

(바둑 TV 장면 insert)

TV :   아, 보시는 바와 같이 흰 돌이 검은 돌을 지금과 같이 한 쪽만 터진 상태로 포위했을 때는 꼼짝없이 잡히게 되지요. 상대방의 돌들은 도망갈 곳이 넓어 보이지만 빠져나갈 수가 없습니다. 아, 그래서 이런 상태를 호리병에 갇혔다고 하지요.

아내 :   (방으로 들어가며) 웬 호리병, 그저 서로 잡고 죽이지 못해 안달이군.

S#4. 아내의 방 / 낮

물컵을 책상에 놓고 다시 영어책을 본다.

주디 사이퍼스의 'Why I want a Wife?' 나는 왜 아내를 원하는가? 라는 글이 보인다.

아내 :   아내를 원한다고? 어떤 아내? (해설 본을 보며 소리 내어 읽는다)

Narration

나의 육체적 욕구를 채워 줄 아내, 집을 깨끗이 치워 줄 아내, 음식 솜씨가 좋은 아내, 나를 배려하고 아플 때 애석해하고 직업을 갖고 있으면서도 아이들을 돌볼 수 있는 훌륭한 보모인 아내, 아내의 의무를 다하며 불평하지 않고, 지적이고, 방해하지 않고, 서빙도 척척하고, 외박도 인정하고 게다가 성적 욕구에 민감하고, 열정적 적극적인 사랑으로 확실히 만족시켜주며 피임까지 책임지는 아내, 그러면서도 고상한 아내.

아내 :   (인상 쓰며 큰 소리로) 뭐, 뭣이 어째?

Narration

조강지처 대신 다른 사람을 아내로 삼아도 되고, 그래서 더 생기 넘치고 새로운 삶을 살 수 있게 해주는 그 아내는 나 대신 아이들을 양육하고 내가 학업을 마치고 직장을 얻어 여유로워지면 충실하고 완벽하게 아내의 임무를 해낼 수 있는 그런 아내를 원한다고?

아내 :   미친~ Oh, My God, Who wouldn't want a

wife!

저런 괘씸한 것 같으니라고! 나도 그런 아내 아니, 남편 한번 갖고 싶다 왜? 왜 여자는 안 되는데?

아내 : 　(혼잣말로) 발표된 지 50년도 더 된 글이 왜 지금도 다르게 느껴지지 않지? 아무튼 애들한테 민담 전래동화라도 우렁각시는 읽히지 않는 게 좋겠어. 남녀 편견이 너무 심해. 물론 요즘 세상에 저런 사고방식을 갖고 있었다간 몰매 맞아 죽겠지만 전지전능한 아내를 원하는 잠재의식은 사라지지 않고 있단 말이야.

―글을 읽던 아내, 남편을 바라보며 한숨을 쉬다가 아침에 보았던 옆집 젊은 부부의 모습이 떠올라 피식 웃는다.

(Over. Lap)

옆집 아내 : 자기야, 쓰레기 현관 앞에 있어, 어제 날이 더워서 냉장고 좀 비웠더니 쓰레기가 좀 많

네……. 잘 갔다 와, 오후에 엄마 생일인 거 알지? 오는 길에 선물은 자기가 알아서 챙겨 오면 돼.

옆집 남편 : OK. (등에 백 팩을 멘 남편. 양손에 노란 음식물 쓰레기봉투를 든 채 현관문을 등으로 닫고 집을 나선다)

(Cut to)

아내 : (혼자 중얼거린다) 에이고, 시어미가 본다면 분명 혀를 끌끌 찰 일이네. 출근하는 귀한 아들에게 아침부터 썩은 물 줄줄 흐르는 음식물 쓰레기나 버리게 하고 쯧쯧, 마트 장보기, 아이 업고 짐 들기, 운전 필수에 깜짝 이벤트, 처가 우선. 햐, 정말 세상 참 많이 바뀌었다. 그러고 보니 저 집은 남편이 지니네. 아니, 그러고 보니 나도 참 이상하네. 쓰레기통은 주차장 가는 길에 있고, 어차피 빈손으로 나가는데 쓰레기 좀 버려주기로서니 뭐가 어때서?

그야말로 에너지 절약 아니야? 그런데 왜 옆
집 새댁이 못마땅한 거지? 나도 어쩔 수 없는
꼰댄 꼰댄가 보군.

S#5. 거실 / 낮

남편 :   에이 볼 거 되게 없네. (거실 소파에 기대어 TV
          채널을 돌린다)
          만화영화가 차라리 낫군. (알라딘 다시 시청)

—방에서 나온 아내, 거실 베란다로 간다. 창밖을 바라보다
가 화분에 물을 준 뒤 빨래를 걷어 거실 바닥에 던진다.

아내 :   (생각에 빠진 듯 빨래를 개며 혼잣말로) 그래, 내
          가 길든 거야. 결혼하고부터 줄곧 드러나는
          일은 다 남편이, 흔적 없는 구질구질한 노동
          은 다 내 차지였어. 아이를 기를 때도 까꿍,
          까꿍 물고 빨고 이쁠 땐 혼자 끌어안고 흥흥
          거리다가 똥 싸고 오줌 싸고 밤새 울어 재끼

면 '애 좀 어떻게 해 봐' 하며 죄다 내게 떠넘
겼었지.

남편: 당신 뭘 그렇게 혼자 중얼거려? 구시렁거리
         지 말고 할 일 없으면 영화나 봐.

아내: (한숨을 쉬며. 체념하듯) 어휴, 어쩌다 불평이라
         도 한마디 하면 '처자식을 위해 모든 걸 희생
         하는 남자의 고충을 여자가 알기나 해?' 외
         쳐대곤 했지. 그래, 남편도 힘들긴 했겠지. 저
         도 뭐 곁눈 안 팔고 살아와서 요술쟁이 같은
         섹시한 아내, 호리병 같은 도깨비방망이가 필
         요한 건지는 모르겠지만…….

—아내, 방으로 돌아와 책상 앞에 앉는다. 물 한 모금 마신
후 다시 책을 읽는다.

S#6. 아내의 방 / 낮
  —책상에서 공부하는 아내, 안방에서 아내를 부르는 남편

(Voice Over)

남편 :　　어이, 나 시원한 물 한 잔만 갖다줘.

아내 :　　냉장고에 있어요. (귀찮은 듯)

남편 :　　모처럼 쉬고 있는데 물 한 잔도 못 갖다주냐?

아내 :　　(퉁명스럽게 비꼬듯이) 모처럼 공부해 보려고
　　　　하는데 놀고 계시는 분이 가져다 드시지요.

남편 :　　(화가 난 듯이 큰소리로) 왜 갑자기 말투가 그
　　　　래? 물 한 잔 달라는데 뭐 잘못됐어? 내가 지
　　　　금 요리를 해 달라고 했어? 돈을 벌어오라고
　　　　했어? 고작 물 한 잔 달라고 하는데 그것도
　　　　못 갖다줘? 죽으나 사나 처자식 위해 일하다
　　　　고작 TV나 보면서 쉬고 있는 남편한테 왜 이
　　　　리 퉁명스러워. 안 그러던 사람이 거참 이상
　　　　하네…….

—아내, 대꾸하기 싫은 표정, 책을 덮고 현관문을 나선다.

S#7. 9층 엘리베이터 앞 / 오후

—옆집의 젊은 부부가 외출하고 있다. 현관문이 열려 있는 904호를 힐끔 쳐다보는 아내.

옆집 남편 : 당신이 시킨 대로 장모님 선물과 장미꽃, 현금 케이크 차에 실어 놨고, 좋아하시는 해산물 크림 파스타 만들어 드리려고 장 봐놨지요. (아기 업은 배낭을 메고 아내 핸드백을 든 채 신발 신고 있는 아내를 기다린다)

옆집 아내 : 먼저 가서 차 뽑아놔, 내려갈게.

옆집 남편 : 오키, 벌써 현관 입구에 대령해놓았나이다. 후후.

—엘리베이터 도착, 문이 열리자 1층 현관으로 내려가는 아내

S#8. 아파트 현관 입구 주차장 / 오후

―엘리베이터를 타고 1층으로 내려온 아내, 주차장 앞 은행 나무 아래 벤치에 앉는다. 그때, 젊은 부부가 탄 차가 주차장을 빠져나간다. 짙은 선글라스를 쓴 옆집 여자, 조수석에 앉아 의자를 뒤로 젖힌 채, 유리창 보닛 쪽으로 다리를 길게 뻗고 있다.

insert (flashback)

―지하철 안에서 기저귀 가방을 끼고 아이 젖을 먹이며 출근 중인 아내의 모습이 회상으로 스쳐 간다.

아내 : (혼잣말한다) 주디 사이퍼스가 토로한 불평등 아내는 영락없는 '지니'의 유사품이야. 자유의지를 행사할 수 없는 아내는 AI가 지니를 대신하는 세상에 살고 있지만, 여전히 램프에 갇힌 종처럼 존재하는 거지. 램프를 가진 자가 지니를 지배하고, 램프를 빠져나온 지니는 무엇이든 할 수 있지만, 꼬리가 잠겨 있는

한 자유의지는 박탈당할 수밖에. 사랑과 돈? 그래, 권력의 헤게모니를 누가 쥐고 있느냐에 따라 지니가 될 수도 있고 지니의 주인이 될 수도 있는 거지. 램프는 그것들의 대명사일 뿐이야. 역사는 그동안 여자라는 이름의 지니를 수없이 생산해왔어.

—벤치 앞으로 차 한 대 주차, 차에서 젊은이 한 쌍이 내린다. 주위에 세발자전거를 타는 어린이와 아파트 잔디에서 놀고 있는 아기와 엄마들이 보인다. 힐끔거리며 차에서 내리는 젊은 커플을 쳐다본다.

젊은 여자 : 안녕하셔요? 오늘은 한가하신가 봐요? 나무 아래서 사색도 하시고요.

남자 친구: (말없이 고개 숙이며 인사한다)

아내 : 어어 음, 그냥. 아가씨 남자친구?

젊은 여자 : 예.

아내 :   좋은 때네요. 두 사람 참 개성 있어 보이네요.

젊은 여자 : 어머님이 보시기엔 우리가 좀 그렇지요?
            남자 여자가 바뀐 것 같지 않으셔요? 후후.

아내 :   음, 조금은. 그래도 뭐 괜찮아요. 솔직히 말
            하면 꼰대라고 놀릴까 봐 조심스럽기는 해도
            좀 튄다고 해야 하나? 남자 친구는 혹시 모
            델이신 듯?

남자 친구 : 그렇게 보이셔요? 맞아요. 모델 일은 하고 있
            지만 조금은 의외입니다. 대부분 너 남자 맞
            냐? 그러거든요.

아내 :   그렇지만 남의 눈치 안 보는 자유로운 자기
            표현만큼은 부럽네요.

젊은 여자 : 정말요? 전에도 남친을 몇 번 사귀긴 했었는
            데 의식이 영 맞지 않아서 헤어졌어요. 근데

이 친구는 저랑 코드가 정말 잘 맞아요. 고정관념에 매이지 않고 특히 성 역할에 있어서 만큼은 정말 자유로운 생각을 하고 있거든요. '여자니 남자니 하며 역할 분담시키는 전근대적인 사고방식은 잘못됐다'는 같은 생각을 하고 있어서 쿨하게 사귀기 시작했어요.

아내 :   오, 그래요? 옆의 남자 친구도 그렇게 생각해요?

남자 친구 : 예, 저도 제가 만나본 여자 중에 지금 이 친구가 제일 잘 맞는 것 같아요. 저는 논 바이너리 입장의 삶의 방식을 취해서 살고 있어요. 저는 분명히 신체적으로 남자의 성을 갖고 있지만 남자니, 여자니 하는 프레임에 얽매이지 않으면서 양성이 갖는 장점은 취해서 살고 싶거든요.

젊은 여자 : 예, 맞아요. 저도 분명 트랜스젠더는 아니에요. 여자가 분명하지만 내 할 일을 하면서 다른 성에 종속되지 않고, 여성주의니, 남성주

의니 따질 필요 없이 다른 젠더를 볼 때도 자유로운 모습, 그 모습 그대로 그 성향과 개성을 인정하면서 살고 싶어요. 성적 욕구라는 면에서도 그래요. 외로움이니 뭐니 하며 상대방에게 성적인 강요를 해서는 안 된다고 생각해요. 젠더 이분법적인 제약에서 벗어나 평등하게 성을 누려야 한다고 생각하거든요.

아내 : 동감해요. 그리고 전설에 의하면 여자와 남자는 원래 한 몸이었다지? 내 생각에도 여자인 나에게도 남성성이 있다는 것을 느끼거든. 남자도 마찬가지일 거야. 남자라고 다 용맹씩씩한 것은 아니거든.

─어린이집 차가 미끄러지듯 소리 없이 들어온다. 아파트 현관 입구에 서 있던 젊은 엄마 두 명, 차에서 아이들이 내리자 자신의 아이를 데리고 집으로 들어간다.

남자 친구 : (아이들을 돌아보며 이야기를 계속한다) 예, 그래서 그런 건 아니지만 요즘은 혼자서 아이를

낳고 기르는 여자들도 있어요. 정자는 필요하지만, 남편은 필요 없다. 뭐 그런 거죠. 저는 남녀의 독립된 개성과 자유는 주장하지만 자녀는 충분히 사랑과 존중 사이에서 태어나야 하고 뿌리도 알아야 한다고 생각해요.

젊은 여자 : 맞아요. 아무리 자유를 추구하고 또 간섭받지 않고 사는 것이 삶의 권리라지만 남에게 해를 끼치거나 생명에 관계된 것이라면 함부로 할 수 없는 거지요. 내 몸의 주인이 나인 것은 분명하지만 내게서 태어난 아이라 해도 내가 주인인 건 아니니까요.

아내 : 그래요, 이렇게 쿨한 젊은이들과 이야기하다 보니 상대를 인정하며 누리는 자유, 정말 멋지다 느껴지네요. 그런데 나는 70년대에나 하던 고민을 지금껏 하고 있으니 참. 내 목소리 내 감정을 당당히 표출하고 싶지만 그러지 못하는……. 이것이 어쩔 수 없는 꼰대 세대의 넘사벽인가 보네요.

남자 친구 : 아니요. 몸만 젊은 올드 제너레이션들도 넘 많아요.

아내 : 왜? 뭐라 그래요? 익숙하진 않지만, 꽤 개성 있어 보이는데. 남자도 짧은 치마에 화장, 치장도 하고 싶을 때가 있겠지. 무거운 유교적 책임감 대신 표현의 다양성을 누리고 싶을 때도 있겠구나 하고 말이야. 물론 생리적 현상까지는 아니겠지만 후후.

남자 친구 : 와우! 우리 어머님 생각 너무 멋지셔요. 맞아요! 대부분의 사람이 제 모습을 보면 극히 일부는 좋게 말해서 '개성 있다'이고 대부분 '너 게이 아니냐?' 심하면 '저 변태 새끼 기지 배같이 굴긴 한심하다' 그러지요. 이 친구는 전혀 그렇게 생각하지 않지만 자신의 신체적 표현 욕구를 인정하며 살려면 용기가 필요하더라고요. 제 직업이 모델이라 예술적으로 관대하게 봐주는 사람도 있긴 하지만요.

아내 :   그도 그렇겠네요.

젊은 여자 : 사실 저는 무슨 무슨 이즘이니 사상이니에는
          별 관심 없어요. 남녀라는 동등한, 원래는 함
          께였던 존재가 사회적 제약과 규범이라는 틀
          에 매여 보이지 않는 불평등을 재생산하는
          것이 싫을 뿐이에요. 여자니 남자니 하는 것
          이 무엇이 중요해요? 과학으로 다 설명할 수
          없는 신비스러움을 간직한 인간 복제의 역할
          기능이 다소 다르다는 것 외에 인간이라는
          근본이 달라지는 것은 아니잖아요? 저는 인
          간 본연의 자유, 이웃을 위한 이타적인 사회
          를 꿈꾸는 인간주의, 평등한 휴머니즘을 좋
          아할 뿐이에요.

아내 :   (혼잣말하듯) 자유, 용기, 휴머니즘의 실천…….
          그런데 손에 든 것은 장바구니 같은데…….

젊은 여자 : 예, 이 친구가 청요리 만들어 주겠다고 해서

같이 장 보았어요. 그래서 요리도 함께하고
영화도 같이 보자고 홈 데이트 초대했어요.

아내 :   부럽네요.

젊은 여자 : 그럼 들어갈게요.

남자 친구 : 안녕히 계십시오.

―아파트 현관으로 들어가는 젊은 커플의 뒷모습을 바라
보는 아내, 한동안 그대로 있다가 자리에서 일어나 엘리베
이터를 타러 간다.

S#9. 거실 / 오후

남편 :   야! 그래, 잘한다, 그렇지, 그렇게 한 방 먹여,
          에이 못 빠져나오네.
          목이 콱 졸렸으니 당근 못 빠져나오지, 에이,
          졌다 졌어.

—UFC 경기를 보던 남편이 채널을 돌리자 동물의 세계가
펼쳐진다. 입을 크게 벌린 목도리도마뱀이 사바나를 막 뛰
어가고 있다. TV를 슬쩍 보며 자기 방으로 들어가는 아내.

S#10. 아내의 방 / 오후

—책상 앞에 앉아 컴퓨터를 켜고 네이버 창에 '도마뱀'을 입
력한다. 동영상이 뜬다.

아내 :   (혼잣말한다) 공격을 당했나? 목도리는 화려한
          데 꼬리가 거추장스럽군.
          어머나, 세상에! 꼬리를 뎅강 자르고 도망가
          네. 피도 별로 흐르지 않고, 제 몸의 일부를

잘라내고 생존을 선택하는구나. 꼬리는 아직
도 살아서 꿈틀거리고 헉! 살려고, 그래! 어서
도망가라 자유롭게…….

—갑자기 하늘이 시커멓게 변하며 우르릉거린다. 난데없이
콩알만 한 우박이 요란스럽게 떨어지더니 장대 같은 비가
내리꽂힌다. 번개가 치자 TV 전원이 나가며 우르릉 쾅쾅
천둥이 친다. 집안이 깜깜해진다.

S#11. 방 안 / 저녁

남편 :   에이, 차단기가 떨어졌나? 아니면 쇼트가 났
            나? 제대로 쉬지도 못하게
            하늘은 또 왜 이 난리야? 여보, 후레쉬 좀 가
            져와! 아니, 핸드폰 후레쉬!

아내 :   (무표정. 핸드폰 후레쉬를 켜서 남편에게 건넨
            다) 여기.

남편 :　　(남편이 후레쉬를 들고 분전함 뚜껑을 열어 차단기
　　　　　를 살펴본다)

　　　　　그럼 그렇지! 쇼트 났군. 에이, 우리 집만 이
　　　　　런 거야 뭐야? 그리구, 당신 말이야, 자동차
　　　　　뒷좌석에 차단기 하나 있으니까 그거 찾아서
　　　　　갖다줘.

아내 :　　(차 키를 들고 주차장으로 간다)

S#12. 주차장 / 저녁 (어두컴컴한 지하 주차장 내부)
─아내, 차 문을 열고 뒷좌석에 놓여있는 종이 박스를 뒤적
이며 차단기를 꺼낸다.

S#13. 방 안 / 저녁 (정전으로 어두운 실내)

남편 :　　(핸드폰 후레쉬를 켜고 책상 밑 연장통에서 절연테
　　　　　이프와 니퍼. 드라이버를 찾아 주머니에 주섬주섬
　　　　　집어넣는다)

아내 :　　　(현관문을 열고 들어서며 남편에게 차단기를 건네
　　　　　　준다. 사무적으로) 자, 차단기.

S#14. 현관 입구(분전함 있는 곳) / 저녁

—남편이 차단기를 교체하자 환하게 전기가 들어온다. 아
내는 자기 방 책상 앞에 앉아 컴퓨터를 켠다. 컴퓨터 작동
이 되지 않는다.

S#15. 아내의 방 / 저녁

아내 :　　　(남편 들으라는 듯) 컴퓨터도 벼락 맞은 것 같은데.

남편 :　　　(아내 곁으로 다가가 컴퓨터를 살펴본다) 부팅이
　　　　　　왜 안 되지? 불안한데…….

(컴퓨터 뒤 전원 부분과 연결 잭들을 만진 후 전원을 뽑았다가 다
시 꼽는다)

아내 :   왜? 뭐가 잘 안 돼요? 진짜 번개맞았나?

남편 :   어, 이제 전원은 켜지네. 뭐 중요한 자료 없
          지? 본체 전원 접점 부위에 쇼트 나서 그런
          거 같아. 화장실 갔다 와서 다시 볼게. (화장
          실로 들어간다)

S#16. 목욕탕 / 저녁

남편 :   (신경질적인 큰소리로) 샤워 꼭지는 왜 또 터져
          서 물이 새고 이 모양이야?
          가장이 맨날 궁상맞게 이것저것 고치고 때우
          기나 하고 이이그, 이봐! 당신

아내 :   (짜증스럽게) 그러게 지난번에 샤워기 갈자 했
          더니 그냥 쓰라 했잖아요.

남편 :   듣기 싫고, 내 책상 아래 연장 공구 있어.
          연결 너트랑 고무 패킹 같은 거 거기 다 들어

있으니까 갖고 와.

아내 :   여기요. (연장 공구를 욕실 바닥에 쿵 내려놓는다)

남편 :   (샤워기를 고치면서 들으라는 듯) 어이구, 나한
테는 어디 마술램프 같은 거 하나 안 굴러오
나 귀찮은 건 죄다 시켜 먹을 수 있게 말이
야. 그러고 보니 내가 이 집의 마술램프의 지
니였어. 연장이면 연장, 도구면 도구 미리미리
준비해 두었다가 이렇게 편리하게 뚝딱 해결
해 주는 서방이 세상에 어딨어? 어딨냐구? 드
럽구 치사해도 죽을지 살지 모르고 돈 벌어
서 그저 내 마누라 내 새끼 생각하며 몸 바쳐
사는 사람이 난데 그 공도 모르고 안 그래?
도대체 이 집은 내가 없으면 어떻게 살지 모
르겠군.

아내 :   (냉정한 목소리로) 당신이 불편한 거 고쳐주는
건 고마워요.
하지만 나도 내 서방 내 새끼 생각하느라 한

번도 허투루 살지 않았거든요!

남편: 됐고, 봐! (의기양양하게 큰 소리로) 당장 내가
        아니면 전기기술자 불러야지, 컴퓨터 갖다 맡
        겨야지, 수전 수리공 불러서 고쳐야 하는 데
        시간 들고 돈 들고 얼마나 불편해? 단방에 해
        결하는 맥가이버 같은 나 같은 남자하고 사
        는 걸 크나큰 복인 줄 알아야지.

아내: 그래요? (흥분하며 언성을 높인다) 당신이 그렇
        다고 하니 나도 한마디 하고 싶어지네요. 나
        도 육아며 아내며 며느리 역할에 직장 생활
        까지 하면서 살림살이 해왔거든요. 날 위해
        멋 한 번 못 부리고 문화생활은 꿈도 꾸지
        못하고 고작 도서관에서 책 빌려 보는 것이
        전부였다고요. 알 만한 사람이 그렇게 말해
        도 되는 거예요?

남편: (일부러 못 들은 척 연장을 정리하며) 근데 당신
        말이야! 오늘 왜 그렇게 떫어? 아까도 그깟

물 한 잔 달라고 한 것 가지고 도마뱀 꼬리 자르듯 딱 말꼬리 자르고 휑하니 밖으로 나가는 건 뭐 하자는 거야? 에이, 참자 참아!

당신이 쓱 문지르기만 하면(일어서며) '네, 마님 무엇을 도와드릴까요?' 하면서 꼬랑지를 사알랑 살랑 흔들어대는 지니가 바로 나! (엉덩이를 뒤로 빼고 흔든다) 내가 그 불쌍한 지니였다고 지니! 알아? 당신이 그 지니의 심정을?

─수리를 마친 남편, 거실로 나와 소파에 길게 기대어 앉는다. 아내는 계속 말을 하며 거실로 따라 나온다.

S#17. 거실 / 밤

아내 :   오호라! 드디어 당신이 지니의 심정을 헤아릴
              수 있게 되었다고? (주방으로 가서 냉장고에서
              얼음을 꺼내어 물컵에 담은 후 애교스럽고 공손하
              게 남편에게 건넨다)
              당신이 스스로 지니라고 하니까 좋아! 그런
              의미에서 내가 당신에게 재미있는 옛날이야
              기 하나 해줄게요. 일단 시원한 물이나 한잔
              드시면서용~
              자, 여기.

남편 :   누가 여자 아니랄까 봐. 저 불편한 걸 해결해
              주어야 물이라도 한잔 얻어먹는다니까? 그
              래, 할 얘기가 뭔데? (기분이 누그러진 듯)

아내 :   (남편 앞에 서서 아양 떨며 목소리를 바꿔가며 이
              야기를 시작한다)
              옛날 옛적에 이슬람교가 창시되기 이전부터
              있었던 전설이 있었어요.

남편 : 그래, 그렇게 여자가 좀 나긋나긋하면 얼마나
        좋아?
        멋대가리 없이 퉁명스럽기는, 그래서?

아내 : 코란에 의하면 우주 창조의 절대자는 진흙으
        로부터 인간을 창조하고, 천사는 빛으로 창
        조하고, 지니는 불로부터 창조했대요. 인간
        과 지니는 알라를 떠받들기 위해 창조된 존
        재였는데, 인간과 마찬가지로 자유의지가 있
        는 정령이었대요. 그래서 여러 가지 신비스러
        운 일들을 행사할 수 있었답니다. (잠시 벨리
        댄스 추듯이 허리와 엉덩이와 가슴을 돌리고 흔들
        며 춤을 춘다)

남편 : 햐! 금붕어냐? 마누라가 눈앞에서 엉덩이를
        살살 돌리니, 거 기분이 묘하네. 오! 좋아! 계
        속해 봐.

아내 : 실컷 누려보시지요. 왜? 당신이 하렘에 와 있

는 술탄이라도 된 것 같아?

그런데, 여기까지는 아라비아에서 시작된 전설의 이야기고요. 더 친근하게 각색한 동화가 있답니다.

S#18. 방 안 / 밤

동화 (insert, Narration) (흑백)

한 여자가 울면서 바닷가를 거닐었어요. 남편이 너무 힘들게 했거든요. 삶에 의욕을 잃은 여자가 해변을 걷다가 파도에 밀려온 작은 호리병을 하나 주웠어요. 요술 호리병에 대한 동화를 읽었던 여자는 호기심에 호리병 마개를 열었지요. 마개를 열자 동화에서처럼 검은 연기가 뭉게뭉게 피어오르더니 호리병의 요정, 아니 하늘 상제님께 벌 받아 호리병에 갇힌 마귀가 나왔어요. 그 마귀는 놀라서 벌벌 떨며서 있는 여자에게 말했어요.

마귀 :　　천 년 동안 호리병 속에 갇혀 있던 나를 구해

　　　　　주셔서 너무너무 고맙습니다. 제 생명의 은인

166

이십니다.

(떨고 있는 여자에게) 무서워하지 마셔요. 그런데 왜 울고 있나요?

여자 : (흐느끼며) 남편이 젊은 여자와 바람이 나서 보기 싫다며 나를 이렇게 알몸으로 내쫓았어요. 흑흑.

마귀 : 나는 천상에서 옥황상제님을 모시던 천부장이었어요. 그런데 제가 옥황상제님을 속이고 권세를 부렸지요. 그래서 그 죗값으로 호리병에 갇힌 마귀가 되어 바다에 던져졌는데 천년이 지나서 나를 구해주는 사람을 만나면 다시 하늘나라로 갈 수 있게 되어있었답니다. 그리고 상제님께서는 나를 구해준 사람에게 세 가지 소원을 들어줄 수 있는 능력을 주셨지요.

여자 : 이렇게 내 마음을 아프게 한 남편을 혼내주고 싶어요. 알거지가 되어 벌벌 떨면서 떠돌

아다니며 고생하게 하고 싶어요.

마귀 :   나는 천상에서 상제님을 속인 죄로 벌을 받
        았기 때문에 나쁜 마음을 먹은 소원은 들어
        줄 수가 없어요. 그래서 당신이 나쁜 마음이
        아닌 소원을 말하면 그 소원의 배가 되는 복
        이 당신이 미워하는 당신의 남편에게 돌아가
        게 될 거예요. 그래도 좋은가요?

여자 :   (곰곰이 생각하다가) 좋아요!

아내 :   여자는 첫 번째 소원을 말했어요. 뭐라고 했
        을까요?

남편 :   금고기야, 금고기야 하면서 소원을 말하
        던 할망구처럼 욕심부리다 쫄딱 망하는 거
        아니야?

아내 :   그랬으면 내가 이 이야기를 꺼냈겠어요? 당

신은 여자를 몰라도 한참 몰라.

남편 : (궁금한 표정을 애써 감추며) 그래서?

아내 : 세상에서 제일 크고 아름다운 다이아몬드를 달라고 했대요. 그랬더니 마귀가 말하기를 '당신에게 이 다이아몬드가 쥐어지는 순간 당신 남편에게는 똑같은 두 개의 다이아몬드가 손에 쥐어진다고 그래도 좋으냐?'고 했대요.

남편 : 그래서? 그 여자가 그렇게 하겠다고 했대? 하긴, 안 그러면 한 개도 갖지 못하겠으니 좋다고 했겠지. 여자들이란 늙으나 젊으나 죄다 보석이라면 사족을 못 쓴다니까 남편보다 세컨드가 더 좋아했겠네. 홀랑 빼앗고 싶어서…….

—남편, 소파 팔걸이에 다리를 걸치고 아내의 행동을 흡족한 표정을 지으며 보고 있다.

아내 :   계속 들어봐.

계속되는 동화 (insert, 흑백)

여자 :   (화를 내며) 공명정대하신 상제님께서 어떻게
          그러실 수가 있어요?
          천지신명께 약속한 신의를 배반한 남편에게
          말이에요!

마귀 :   그럼 두 번째 소원은 통과할까요?

여자 :   (한참을 생각하더니) 아니, 좋아요! 세상에서 제
          일 큰 부자가 되고 싶어요. 억만 달러를 갖고
          싶어요.

마귀 :   이번에도 당신 남편은 당신이 가진 것의
          두 배의 재물을 갖게 될 것입니다. 괜찮겠
          습니까?

남편: 뭔 동화가 그래, 금은보화가 나왔대! 그래야지, 웬 달러? 웃기네.

말 같잖은 얘기 적당히 해라. 그냥 세 가지까지 필요 없으니 요술램프나 하나 달라고 하지.

아내: 금고기 동화처럼 쫄딱 망하는 스토리는 당신이 쓰고 있네. 큭. 이건 21세기 현대판 버전으로 각색한 동화라고!

남편: 근데 내가 왜 이런 같잖은 얘기를 들어야 하지?

아내: 그야 물론 당신이 지니의 심정을 이해할 수 있다고 하니까 친절하게 내가 이야기 하나 들려주는 거지. 스스로 지니가 되었다고 하니 넘 고마워서 호호호. 끝까지 들어봐. 두 번째 선물까지 받은 여자는 한참을 망설이더

니 마귀에게 물었지.

계속되는 동화 (insert, 흑백)

여자 :   하느님께서는 정말로 약속을 지키시나요? 어
          떤 소원이라도요?

마귀 :   그럼요! 남을 해치는 일만 아니면 분명 약속
          을 지키십니다. 그렇지 않다면 어떻게 하늘
          상제님이라고 할 수 있겠어요? 제게 그렇게
          말씀하셨습니다.

아내 :   당신 같으면 뭘 원했을까?

남편 :   요술쟁이 아내!

아내 :   당신은 어쩔 수 없이 욕심부리다 망하는 그
          런 캐릭터였네.

처음부터 전지전능하지 않은 세 가지 소원이
라고! 처음부터 요술램프와 요술쟁이 아내는
안 되는 거였다고, 그거 알아? 당신!

남편 : 흥분하지 마. 동화라며? 꿈도 못 꾸냐? 그래
서? 세 번째 소원은 뭐래?

아내 : 응, 별거 아니더라고. 여자가 마귀에게 말했대.
'나를 반만 죽여주세요.' 크 하하하~
여자는 자유로운 영혼이 되어 오래오래 아름
답게 자알 살았답니다. 끝.

아내 : 참, 그런데 내가 이 동화를 당신에게 들려주
는 동안 마귀가 눈에 안 보이게 몰래 내게
찾아와서는 중요한 비밀이 하나 있다며 귓속
말해 주는 거 있지.

남편 : 야, 말 같잖은 소리 좀 그만해라.

아내 : (남편이 듣거나 말거나 큰소리로) 자유는 용기

가 필요하고, 행동으로 실천하는 거래. 그래
서 도마뱀도 자유를 찾아 꼬리를 자르고 도
망가는 거래. 지니는 상상의 이야기지만 스스
로 구속되었다고 생각하는 순간 호리병에 갇
힌 지니가 돼버린다지. 그리고 호리병을 빠
져나온 지니는 결코 스스로 호리병으로 다
시 들어가지 않는다고 말이야. 그러니까 호리
병은 함부로 열거나 문지르는 게 아니래. 크
호흐~

남편: 당신 이상한 이야길 하면서 날 유도하고 있
군그래!
뭐 꿍꿍이 속셈이 있는 거 아니야?

아내: Oh, No! 나는 그냥 나도 처음부터 자유로운
영혼이었다는 걸 말해 주고 싶었을 뿐이야.
바람처럼 자유롭게 Free As The Wind~
아내라는 이름의 지니는 이제 꼬랑지가 탁
잘려버렸지 뭐야!

S#19. 거실 / 이른 아침

—거실 창 너머 아침이 밝아온다. 운동복 차림으로 아침 운동을 나서는 남편

어디선가 〈진주조개잡이〉 음악이 흘러나온다.

남편: 이거 무슨 소리야?

아내: (들은 척도 안 한다)

—아내는 아무도 없다는 듯이 춤추고 노래하며 거실을 돈다.

아내: 오늘은 푸르른 아침을 노래하고,
        내일은 노을 지는 바닷가 홀로 걸으리
        갈대밭 쓰다듬는 바람처럼 내 영혼 자유롭게
        어쩌다 가끔 그대 생각나겠지마는 으흠 흠
        흠 흠~

남편: 아니, 이른 아침부터 웬 춤을 다 추고 난리야?

(손가락으로 머리를 가리키며 뱅뱅 돌린다) 당신 어떻게 된 거 아니야?

아내 :　　(빤히 쳐다보며 말없이 고개만 까딱한다.)

(Overlap) 〈진주조개잡이〉 음악에 맞춰 경쾌하게 춤추며 상상하는 아내 모습.

아내 :　　오! 이건 쓸만하군.

(Overlap) 배낭을 싸고 있는 아내 미소 지으며 남편의 현금 카드를 챙긴다. 세계지도가 펼쳐지고 지구본이 회전하며 점점 커진다. 그때 남편의 핸드폰 벨 소리 크게 울린다.

남편 :　　누군데 아침부터 톡톡거리는 거야.

　　　　(현관에서 신발을 신으려다 핸드폰을 본다)

핸드폰 톡 내용 Close-up

은퇴를 앞둔 당신이 반드시 지켜야 할 실천 덕목

– 先妻思想實踐(선처사상실천: 아내를 먼저 생각한다.)

- 妻和萬事成(처화만사성: 아내와 화목해야 만사형통한다.)

―화면 가득 남녀 한 쌍이 입에 빨간 장미꽃 한 송이를 물고 뺏으며 멋지게 탱고를 춘다. 영화 〈True Lies(Harry and Helen Tango)〉의 장면. Fade-out

2021년 한국문한신문 문학상 대상 당선 소감

어은숙

「금호에 뜬 달」이 '2021년 한국문학신문 소설 부문 대상'으로 확정되었다는 소식을 듣는 순간 나는 타임머신을 타고 내 유년의 다락방으로 갔다. 잡다한 생활용품들이 쌓여있고 벌레와 쥐들도 드나들던 구석진 그 작은 공간에 제일 먼저 당선 소식을 알려주고 싶어서였다. 물리적 공간은 이미 오래전에 사라졌지만, 그곳은 여전히 내 창작의 산실이자 상상과 안식의 공간으로 남아있다.

작은 창문에 머리를 디밀고 밖을 바라보면 세상의 모든 것들은 생명으로 살아나 이야기를 걸어오곤 했다. 처마 끝 떨어지는 낙숫물 소리, 부엌에서 올라오는 엄마의 밥 짓는 냄새와 연기, 얼룩진 꽃무늬 벽지를 따라가면 가랑잎 뒤에 붙은 나비알이 되었다가 멋진 나비로 날아오르던 그때를 기억한다. 내가 꿈꾸는 세상과 내게 보이는 세상은 너무도 다르지만 시원한 샘물처럼, 청량한 바람처럼 지친 삶 어루

만져 줄 수 있는 따뜻한 가슴을 지닌 소설가가 되리라 다짐한다.

늘 응원해 주신 큰언니, 석지연 스님, 특히 먼 알래스카에서 적극적으로 격려와 지원을 보내 준 경숙 언니, 묵묵히 창작 공간을 마련해 주려 애쓴 남편과 딸아이에게 고마운 마음을 전합니다. 나영봉 시인과 문학인으로 나아갈 수 있도록 이끌어주신 허만길 문학박사님께 지면을 통하여 감사의 인사를 올립니다.

또 「금호에 뜬 달」을 심사하신 한국문학신문 심사위원 여러분과 격려의 심사평을 써 주신 국제 PEN 한국본부 이사장 이상문(현재 한국소설가협회 이사장) 님께도 깊은 감사의 인사를 올립니다.

2021년 한국문학신문 문학상 수상작
소설 부문 대상 심사평:「금호에 뜬 달」

이상문(前 국제PEN한국본부 이사장·現 한국소설가협회 이사장)

소설의 기본은 누가 뭐래도 이야기다. 거기에 재미있고, 아름답고, 쉽다면 더 말할 나위가 없다.

어은숙 소설가의 응모작「금호에 뜬 달」은 이 3요소가 잘 갖춰진 이야기다. 소설이 갖춰야 할 조건을 고루 잘 갖고 있다는 뜻이다.

한 남자의 출생에서 시작하여 앞만 보고 달려온 삶을, 그것도 살생을 업으로 해온 삶을, 노년의 입구에서 스스로 정리한다는 내용이다. 거기에 교훈이 있다. 교훈은 감동이다. 바로 한국문학신문 소설 부문 대상 수상작으로 뽑은 이유이다.

한편으로 소설 쓰기란 무엇인지 새삼 생각하게 한다. 서

사를 발전시켜 가면서, 거기에 묘사를 입혀가는 과정이 아닌가. 단편에 사람의 한 생애를 담는 데는 여간한 능력이 필요한 게 아니다. 자칫 묘사에 소홀해질 수도, 문장이 감당하지 못할 수도 있을 것이다. 그러나 어은숙 작가는 모든 것을 감내하였다. 진심으로 축하한다.

소설에서 인물의 성격,
즉 캐릭터는 얼마나 중요한가

이승하(문학평론가·중앙대학교 교수)

지난 7월호는 통권 300호였다. 월간이니 25년 세월이 흘러야 300호가 가능하다. 한국의 대표 소설가들의 모임이 지금까지 이렇게 끈끈한 결속력을 갖고 이어지고 있다는 것에 대해 경하의 인사를 올린다.

지난달에도 13편이 실려 있어 다 읽느라 애를 먹었지만, 출중한 몇 편의 소설을 만날 수 있어 보람된 시간이었다. 특히 감명 깊게 읽은 소설은 등장인물의 성격이 잘 부각된 작품이어서 이번 호에서는 소설에서 인물의 성격, 즉 캐릭터 창조가 얼마나 중요한가 새삼 생각하는 계기가 되었다.

(…중략…)

이달의 또 하나의 수확물은 어은숙의 「여신들의 축제」

인데, 대중목욕탕을 무대로 한 너무나도 따뜻한 휴먼 드라마이다. 주인공 홍 여사는 역사도 오래고 시설도 잘 갖춰져 있는 동네의 큰 목욕탕에 마실 가듯 가곤 한다. 목욕하러 간다기보다는 그곳이 중년의 그녀에게는 휴식의 공간이고 이웃을 사귀는 빨래터 같은 공간이고 인간적인 정을 듬뿍 나눌 수 있는 공간이기 때문이었다.

여러 인물이 나오는데 팔순 할머니의 사연은 너무 기구해 기가 막힌다. 백 살이 다 된 시아버지를 모시고 사는 사연은 이런저런 사연 중에서도 압권이라고 해야 할 것이다. 스물하나에 시집와 지금껏 시아버지를 모시고 살았는데 남편은 죽고 자식들이 독립하자 두 사람이 한집에서 살게 된다. 아흔여덟 시아버지가 치매 환자다. 할머니는 그 노인을 요양 시설로 보내지 않고 자신이 돌본다. 죽은 남편과의 사랑 이야기도 진한 감동을 선사하는데, 시아버지와의 관계는 눈시울을 뜨겁게 한다. 사랑하는 남편을 여의고 나서 팔순 할머니는 집에 단둘이 있게 되자, 시아버지의 똥오줌을 받아내고 목욕도 시킨다. 상상이 가지 않지만, 이런 경우가 없으란 법은 없다. 홍 여사가 이 할머니의 어깨며 등이며 허리를 안마해 드리자, 말문을 연다. 남편이 어떤 식으로 자신을 아껴주고 사랑해 주었는지, 그 사연이 가슴을 뭉클하게 한다. 그런데 남편의 사후, 남편의 아버지를 혼자서 최선을 다해 봉양한다.

"먹는 거나 싸는 거나 사실 뭐가 달라? 입은 먹는 일을 하고 창자나 항문은 싸는 일을 하는 게 다를 뿐이지. 먹고 싸고 하지 않는 사람 있으면 나와 보라고 해. 거시기만 해도 그래. 징그러울 게 뭐 있어? 꽃을 보면 이쁘다 향기롭다 좋다고 하면서 열매를 맺는 데야 꽃이나 고추나 다를 게 뭐 있어? 사람들이 음란한 생각을 하고 이상스러운 행동들을 하니 못된 죄를 짓는 도구가 된 게지, 안 그래? 그 거시기가 작동을 안 했으면 우리 서방을 낳기나 했겠어? 내가 우리 자식들 얻은 것도 다 그렇게 얻은 것 아니야? 각자 제 역할을 하는 것일 뿐이야. 그리고 나도 밥도 짓기 싫어 죽겠는데 노인네 수발이 쉽겠어? 그래도 엄청 가엾은 걸 어떻게 해. 요즘은 암죽도 잘 못 드시는 것이 얼마 못 가 곡기를 끊으실 것 같아. 그래서 아들 사위들이 온 거야. 정말 시원하다. 그런데 미안해 죽겠구먼. 이 노인네 힘들까 봐 안마를 다 해주고."

할머니의 이 말은 부처님의 설법과 예수님의 설교에 견주어도 못지않은, 생명의 가치에 대한 깊이 있는 통찰을 담

고 있다. 작자가 한 명 등장인물의 입을 통해 우리네 인생
이 비애로만 점철되어 있지 않음을 얘기해 주고 있어 독자
로서 깊은 충격과 감동을 함께 받았다. 할머니들이 넘어지
지 않게 목욕탕 바닥을 깨끗이 닦거나 할머니를 보면 때밀
이를 자청해서 하는 홍 여사의 선행도 쉽지 않은 일이다.
우리들을 감동시키는 것은 정치가들의 선심 공약이 아니라
바로 이런 보통 사람들의 작은 선행과 보시, 위대한 사랑
의 실천이다. 팔순 할머니의 캐릭터 형상화에 완전히 성공
한 소설인데 헬스장 트레이너의 인도로 목욕탕에 온 여인
들이 단체로 춤을 추는 장면은 너무나 멋진 대미다. 한 편
의 시다.

몸짱 트레이너가 전문가답게 힘차게 구령을 외치자 모
두 "좋아요!" 하며 허리를 꺾고 다리를 꼬고 팔을 비틀며 운
동을 하기 시작했다. 벌거벗은 몸들이 용을 쓰며 춤을 춘다.
땀과 물기에 젖은 몸들이 신화 속 여신이 되어 번들번들 빛
을 뿜어내자 열기와 땀으로 범벅된 수증기는 뽀얀 구름으로
피어나고 폭탄 터지는 소리는 축포가 되어 흥을 돋운다.

여신들의 축제

어은숙 지음

발행처   도서출판 **청어**
발행인   이영철
영업   이동호
홍보   천성래
기획   육재섭
편집   이설빈
디자인   이수빈 | 김영은
제작이사 공병한
인쇄   두리터

등록   1999년 5월 3일
        (제321-3210000251001999000063호)

1판 1쇄 발행 2024년 11월 10일

주소   서울특별시 서초구 남부순환로 364길 8-15 동일빌딩 2층
대표전화 02-586-0477
팩시밀리 0303-0942-0478
홈페이지 www.chungeobook.com
E-mail   ppi20@hanmail.net

ISBN   979-11-6855-293-7(03810)

이 책은 한국예술인복지재단 2024 예술활동준비금지원사업의 지원을 받아 발간되었습니다.